ユーフォリ・テクニカ

王立技術院物語

定金伸治

Shinji Sadakane

C★NOVELS Fantasia

口絵
挿画　椎名　優
DTP　ハンズ・ミケ

……この新エネルギーを用いた花火は、その草創期においては、構造的にごく単純で、暗い赤色光が球形に広がるだけのものでしかなかった。しかし、多核構造・分散配置といった要素技術の多様化や、エネルギー生成・貯蓄技術の向上を通じて、現代に見られるようなさまざまな変わり咲き花火が楽しめるようになった。

「水力応用技術」まえがきより

ネル・ビゼンセツリ
Neru Bizensetsuri
エルフェール
El-'ph-el
ユウ・フミノクズハ
Yu Fuminokuzuha
デューン・ディール
Dune Diel
グリンゼ・グリム
Grimze Grimm

Euphori technica

ユーフォリ・テクニカ

プロローグ

廊下の隅《すみ》で立ち止まり、娘は荒い息で肩を上下させていた。

通路の曲がり角から顔だけを覗《のぞ》かせ、先の様子を確認する。長く続く廊下は、瓦斯灯《ガスとう》の放つ明かりの中に薄暗く浮かんでいる。昼間だが、暗い廊下だ。女王の寝室が近いためである。王が外敵に襲《おそ》われるのを防ぐ目的で、寝室近くの廊下は窓をとらぬように設計されているのだ。立憲君主《りっけんくんしゅ》として帝国を象徴する女王の身に、万一のことがあってはならないというわけである。

国の最重要地ともいえるこの場所で、娘は獲物《えもの》を狙《ねら》う目を廊下の先に向けている。

襟《えり》もとにリボンをあしらったブラウスに、薄緑のスカート。上着にはブラウンのテーラード・ジャケットを身に着けている。進歩的で裕福な中流階級の娘、といった姿だ。

とにかく、この宮殿には場違いな格好であることは間違いない。

人影は見当たらない。背後には、追う足音が響く。息を整える間も置かず、娘はふたたび駆け出した。決死の顔つきだった。

腕には薄い封筒を抱えている。表には、簡素な書体で書かれた「履歴書在中」の文字。何らかの面接を控えている、ということか。それとも、何かの企《たくら》みや仕掛けがあるのか。

なんにせよ、様子は明らかに平和的でない。周《まわ》りには物騒《ぶっそう》な足音が響き渡っている。娘はその足音を避《さ》けながら、宮殿の中を駆け回っているのだ。

要するに、追われている。

目的を達成するために無茶なことをして、男たちに追い回されているのだった。

廊下を駆け抜け、T字の曲がり角で立ち止まる。右の先には女王の寝室があり、左には階段室がある。

迷いもせず、娘は左に走った。

あっ、という声が背中に届く。女王の寝室を警護する衛兵の声だ。だが、娘は構わず階段室に飛び込み、階段を駆け下りた。追ってくる足音がさらに増える。

二階まで全速で駆けた。そして扉から飛び出し、ふたたび廊下を走り抜けて――

玄関ホールへ続く入り口あたりで娘は立ち止まった。

陰から、階下のホールを覗き見る。入り口付近には、いかにも屈強そうな衛兵が二人控えていた。前を通過するのは不可能だろう。そして、後ろには彼女を追う足音がある。さらに、ホールへ続く階段にも従僕の男が一人いて、こちらにはまだ気づかず下へ降りようとしている。身動きが取れない状態。絶体絶命。

だが……それでもなお、娘の瞳にあるのは輝くような情熱だった。いや、むしろ狂気というべきか。ひたひたと緊張感を漂わせて立つ全身は、獲物を前にして昂奮している獣《けもの》そのものだ。目の前の相手をいまにも殺しかねない勢いである。

「いたぞ！」

娘の背後から、多くの足音が近づいてきた。殺気立ったと形容していい音だった。

――理不尽だ理不尽だ理不尽だわ！

娘はそう思うのだ。

こんなことが許されていいわけがない、と。

自分は、ただ面接を受けようとしているだけなのに。ただそれだけなのに。女のくせに技術者なんて、ですって？　産業革命から百年も過ぎて、いまはもう自動車や水気灯まで実用化された世の中だっていうのに、なんて古くさい考え方！　そんなの、従ってなんていられない！　いまどき！

ここまできて、捕まるわけにはいかない。

そんなにそちらが理不尽をしてくるのなら……。

こっちも、理不尽で仕返ししてやるわ！

娘は、階段に向かって駆けた。

そして手すりに飛び乗り、滑《すべ》り降りる。

長いスカートの裾《すそ》がふわりと広がる。

気配に気づいた男が振り返るより早く、娘は男の背中を蹴《け》り飛ばし、その勢いのまま階段からホールの床に飛び降りた。

間をおかず、娘は扉を守る衛兵に向かって真っ直ぐに走った。迷いのない動き。全力で駆けながら、娘は胸ポケットから白い小さなボールを二つ取り出した。

不意をつかれて、衛兵は対応を誤った。

彼らは、娘を傷つけずに確保しようとしたのだ。

しかし、娘はすでにいきり立っていた。どんなことをしてでも、という精神状態にあった。叡理国《エーレ》の淑女はこのようなことはしない、といった先入観など、壊して通る覚悟だった。

娘は手にしたボールを両手で力一杯投げつけた。

『水気』をいっぱいに貯め込んだボールは、衛兵の顔のあたりに当たって弾《はじ》けた。バチッという音とともに水気の火花が飛ぶ。悲鳴とともに衛兵が顔を押さえてのけぞった。シビレで、数瞬は目も開けられないはずだ。その隙《すき》をぬって、娘は扉から外へと飛び出した。

呼び止める声にも振り返らず、娘は走り去ってゆく。
七、八人ほどの男たちが息を切らせて集まってきた。みな、確認するように衛兵の二人に視線を向ける。衛兵は申し訳なさそうに首を横に振った。
整ったスーツを着た秘書官らしき中年の紳士が、命じるように静かな声で言った。

「追いなさい」

そして、小さくため息をついて、彼はこう呟《つぶや》くのだ。

「……まったく……殿下《ハー・ロイヤル・ハイネス》にも困ったものだ……」

1

埠頭《ふとう》へと入港してくる一隻《せき》の大きな蒸気船があった。

叡理《エーレ》国の帝都、里敦《リトン》を流れるテーム河である。

蒸気船は霧の間に煙を吐き、周囲の色をさらに灰へと染《そ》め上げている。灰色。どこまでも灰色。色彩を持つものは、川沿いに並ぶ瓦斯《ガス》灯《とう》の明かりぐらいのものだ。まだ夕暮れ前なのだが、深い霧のためにあたりはすでに薄暗い。排煙のせいもあるだろう。

十九世紀中頃よりは交通量も少なくなっているものの、まだまだ行き来する蒸気船の数は多い。吐き出される煙が、空一面を覆《おお》っているかのようだ。いや、空のみではなく、大気全体が煙で満たされている印象がある。

濁《にご》った川面からは、腐ったような臭いがわずかに漂っている。冬の大気で息は白く、気温はずいぶん低くなっているというのに、まだ水は腐敗しているのだ。とはいえ、これでも昔よりはましになったらしい。数十年ほど前までは工場排水も屎尿《しにょう》も河に垂《た》れ流しで、あまりの臭いのために議会が中止されたなどという話もある。

「なるほど、煙の都、か」

洋装の厚いコート姿で甲板から岸を見やりながら、ネル・ビゼンセツリは顔をしかめていた。美しい都、というものを期待していたわけではないが、東洋からの長旅の末にようやく着いた地なのだから、もう少し感慨をもたらすような光景があってもいいんじゃないか、などと彼は思うのだった。

「霧の都、ですよ」

隣に立っていたユウ・フミノクズハが、笑みとともにたしなめて言った。

舷側にもたれかかったまま、ネルは彼の顔を見上げて答える。

「煙は、工業の証《あかし》だろ。むしろ讃辞だよ」

「……はあ」

「この煙と引き替えに、叡理国の栄光はあるわけだ」

「……皮肉ですか」

「いや、技術者の自嘲《じちょう》だよ」

特に深い意味を含むでもなく、ネルは軽い声で言った。

「それと、笑うと怖いんだって、おまえは。いつものことだけども」

ネルの相棒にして助手の青年ユウ。優しい性格で、人をサポートするのを生きがいにしているような人物なのだが、唯一の欠点が、その怖い外見だ。一見、切れ者のマフィアのような顔立ちをしているので、彼に近寄ってくる者は少ない。この長旅でも、彼のおかげで知人が増えることはほとんどなかった。

いや——知人が増えないのは、彼ひとりの責任とは言えないかもしれない。

いまも、彼ら二人の周りには無人の円ができている。甲板では数多くの欧人たちが互いに会話を交わしているにもかかわらず、だ。彼ら欧人の紳士淑女は、あえて二人から距離を置いている。なるべく近づかないようにしているのだ。

見渡すと、上流階級の印《イン》人らしき夫婦の周りにも、ネルらと同じような無人のスペースができていた。

倭《ワ》人、華《カ》人、印《イン》人。ここのところ急速に増えてきた東洋人の渡来を、叡理人の紳士は内心快くは思っていないのだ。もちろん、紳士としての態度を旨《むね》とする彼らは、面と向かって罵《ののし》ったりすることはない。差別的な言葉を放つこともない。が、もし列車や船の一等客室で彼らが東洋人の乗客と居合わせたならば、相手の身なりや身分にかかわらず、彼らは乗務員を呼んで言うだろう。

「君、少々不愉快な乗客が、他の客をずいぶん困らせているようなのだがね」

そして乗務員は頷《うなず》くと、東洋人の乗客に対して慇《いん》懃《ぎん》な態度で退出を願い出るのだ。法を盾《たて》にして抵抗しても無駄である。その場合は、強引に追い出されるのが落ちだ。そんなわけで最近は、印人の貴族や弁護士が無理やり途中下車させられ、後で裁判になる例が多いらしい。

船が、岸へと迫った。

「さて、ようやく着いたな」

「長い旅でしたね」

埠頭に迎えの人々が集まっている。多くは、異国帰りの家族を待っているのだろう。

紳士と淑女の一組が、二人の前を通り過ぎてタラップの方に向かっていった。岸を見物していた他の乗客も、移動をはじめた。やはり、ネルらに話しかける者はいなかった。

「おまえが人を殺すような顔をしてるからだぞ。まったく、先が思いやられる」

あえて叡理人の心情などには触れず、ネルはユウをからかうように言った。

「……生まれつきだからしょうがないですよ」

特に表情も変えずにユウは答える。そのいかつい顔つきと長身に、洋装がよく似合っている。

「それに、いつも寝ているみたいな顔をしている人よりはましです」

「……誰だよ、それは」

「『寝る《ネル》』に決まってるじゃないですか」

「だから、『錬《ね》る』だというのに」

倭人は動詞を名前に使う。ユウは『結う』、そしてネルは『錬る』。そのイントネーションをネルは睨《にら》む目で訂正したが、ユウの笑みは変わらなかった。

「はて、あまり錬っているところなんて見たことがありませんけど」

からかう口調だが、理解した上での言葉であることをネルは知っている。それぐらいの信頼はあるのだった。

ガクン、と船全体が揺《ゆ》れた。

岸に着いたのだ。

ネルとユウの二人は乗客の列の最後についた。そして一〇分ほど待った後にタラップを降り、はじめて帝都の土を踏んだ。土ではなく、舗装された石《いし》畳《だたみ》だったが。

周囲は出迎えの人でごったがえしていた。父に抱きつく娘の姿が、そこかしこで見受けられる。おそらく、長いこと印《イ》国《ン》などに仕事で向かっていた父親を、家族で迎えにきているのだろう。

ネルらにも現地の迎えが来ているはずだったが、どうやら遅れているらしい。

「ぼんやり待っているのもなんだな」

「そうですね、王立技術院までは結構近いみたいですし、我々だけで向かいますか」

王立技術院は世界各地からの物資や研究資料などを利用しやすいよう、港に近い川沿いの場所に建設されている。この技術院の客員講師として、ネルは東洋人ではじめて招聘《しょうへい》されているのだ。『水気の応用研究に関する画期的な成果を評価されてのことである。はじめは東洋人の成果を認めたがらなかった叡理国のアカデミーも、ネルの理論が水気技術の発展に大きく寄与するに及んで、態度を改めざるをえなかった。そして彼らは『紳士の寛容』を示して、ネルを技術院の講師に招聘したのだった。

馬車乗り場では、辻馬車や乗合馬車がひしめくように道路を行き交っていた。いまや、帝都だけでも三万頭の馬が交通のために使役されているという。道には、馬糞の跡が無数にこびりついていた。臭いも強い。馬車と列車。馬糞と排煙。叡理国の素顔の一部といえた。

道ばたに止まっていた辻馬車の馭者に、ユウが流暢な叡理語で声をかけた。

「王立技術院へ向かいたいのですが」

しかし、馭者は答えない。聞こえないふりをしているらしい。

「すみません、王立技術院へ……」

そこへ、後ろから身なりの整った紳士が割り込んできた。さほど裕福そうではないが、それなりに立派な出で立ちをした中年の紳士だった。馭者はすぐに下に降り、紳士が乗り込むのを丁重に手助けする。そして紳士が行き先を告げると、馭者はすぐに手綱をならして馬を歩き出させた。

コバルト・ブルーの車体が、ネルたちを笑うような音を鳴らしながら、道の向こうへと消えていく。

二人は、しばし無言。その後、ネルは苦笑してユウの肩をたたいた。

「ま、こんなもんだろうな」

「……すみません」

「おまえが謝ることはないだろ」

心底申し訳なさそうにしている怖い顔に苦笑しながら、ネルはあたりをのんびりと見回した。怒ってもどうしようもないことに怒っても仕方がない。問題があれば、他の手段を探す。それが技術者の有りようというものだ。

しかし、異国を異邦人が単独で移動するのは、骨が折れるものだ。普段あまり動じたりはしないユウも、困った顔を左右に向けている。乗合馬車はどこに向かうのか判然としないし、かといって辻馬車の馭者は東洋人の顔を見ると、やはり無視を返すか、あるいはあくまで丁寧な言葉や態度で首を横に振るのだった。

「……どうしたものかな。地図もあるし、歩いていくか」

そのとき、だしぬけに娘の叫び声が背後に響いた。

「きゃああっ！　どいてどいてどいてっ！」

避《さ》ける間もなく、ネルは一人の少女に突き飛ばされた。薄緑色のスカートをはいた活発そうな娘だった。中流家庭の子女、といった身なりである。

「な、なんだ……？」

「ごめんなさいっ！」

娘は謝罪もそこそこに、というより相手の顔すら見ずに、ふたたび駆け出していった。どうやら、何者かから逃げているらしい。実際、すぐに数人の男たちが彼女を追いかけてネルらのそばを通過していった。衛兵の姿をしている。少女は、盗みでも働いたのだろうか。衛兵は、女王の宮殿を守る兵の制服を身に着けていたが……。

「……叡理国の女性は淑女だと聞いた気がするんだけどなあ」

「まあ、いろんな人がいるというわけですよ、どこの国にも」

少女を追いかける男たちの背を見やりながら、二人は歩き出した。そういえば、少女らが走り去っていった方角には、ちょうど王立技術院がある。

「……まあ、偶然だろうけどな」

誰に話しかけるでもなく、ネルはそう呟《つぶや》くのだった。

王立技術院は、産業革命以降に高まった諸外国との技術競争に打ち勝つため、叡理国が国運をかけて組織した研究・教育施設である。広く世界から有能な技術者を招聘し、知識を集積し、先端技術に関する研究成果を叡理国の発展に役立てる、という目的を持つ。設立されたのは八〇年前で、比較的新しい組織なのだが、すでにその技術力・研究力は世界各国の学術団体から畏敬の対象となっている。学際的な権威も高く、技術院に属する教授や講師は、王立協会《ロイヤル・ソサエティ》の一員に名を連ねていることが多い。

また、次世代の技術者を育てるため、大学と一体化しているのも特徴の一つである。優秀な貴族の子弟は、こぞってこの王立技術院の入学試験に駆け込む。長男以外の男子ならば、最も優秀な者は技術院に入り、他は軍人になる、というのが叡理国貴族の子弟の典型的な進路となっている。

技術院の外観は、いかにも壮観だ。

正面玄関にはイオニア式の列柱が並び、訪れる者を圧倒する。敷地はおよそ1粁《キロメートル》四方。建物は専門ごとに分割されていて、装置などの搬入にも便利なように工夫されている。

なんとも壮大な建物だが、しかしひとたび中に入ると、外観とは違った側面が見えてくる。

廊下には絨毯《じゅうたん》などひかれていないし、それどころか、組み立て中の装置や機器がごろごろしている。歩いていると、アセトンやエタノールなどの化学溶液のにおいが鼻をつく。

「うん、いいところだ」

学長や学科長、主だった教授などへの挨拶《あいさつ》をすませたネルは、廊下のありさまを見て頷《うなず》くのだった。

「……意外に散らかってますけど」

「場が生きているから、そうなる。死んだように整ったところからは、新しいものは生まれてこないもんだよ」

「そういうもんですかねえ。片づけが苦手な自分の言い訳をしてませんか」

「……おまえは時々毒舌になるな」

「事実を言っているだけですよ」

「………」

ネルの職場は『応用水気技術』学科の一研究室だった。実験室が二部屋、研究者の居室が一部屋、ネルの執務室兼応接室が一部屋、という小さな研究室（研究グループ）である。ネルは、この研究室の代表者として『水気』に関する研究を指揮していくことになるわけだ。

ネルの肩書きは講師となっているが、これは『教授』というものが叡理国では諸外国と較べてかなり権威ある地位として位置づけられていることによる。長年にわたる功績を残した人物が、爵位を与えられた後にようやく任命されるのが叡理国の教授という地位なのだ。東洋人のネルが与えられるような身分ではない。

よって、ネルの『講師』という肩書きは、諸外国における『教授』にほぼ相当する。

なんにせよ、ネルは新設の研究室を代表する指導教官として赴任したことになるわけである。これは叡理国においては東洋人としてははじめての事だった。ネルのような例は、以降増えていくことにはなるだろう。

二人はまず、ネルの執務室に向かった。

二階に上がり、20米《メートル》ほど歩くと、左手に重い木の扉がある。案内してくれた職員が、あそこです、と短く告げて、事務室の方に戻っていった。丁重な態度だったが、やはり敬遠する態度でもあった。

ネルは扉を開く。

埃《ほこり》っぽい臭いの中に、叡理国らしい上品な調度《ちょうど》類《るい》が静かな空間を作りだしていた。床には中東から輸入したとおぼしき絨毯が敷かれ、天井には白く文様を浮かせた漆喰《しっくい》装飾が施されている。壁には重々しい本棚が並んでいて、すでに相当数の書籍が陳列されている。

そして窓際に、二人の旅荷が積まれていた。

「聞いていたとおり、おおよそのものは揃っているようだな」

「ええ、後で実験室の方も見ておきますが、希望が通っているなら、装置などもあらかた備え付けられているはずです」

「まあ、足りないものはその都度揃《つど》えればいいか」

まず、行わねばならない仕事は、研究員の採用だった。二人だけでは、大したことは何もできない。やれるのは、いままでの成果を論文にまとめることぐらいになってしまう。

工学の研究は、ほとんど肉体労働に近い。実験では同じ作業を何度も何度も繰り返さねばならない。試行錯誤を何度も何度も繰り返さねばならない。一人の天才による発想よりも、十人の労働力の方が価値がある場合が多いのだ。

ネルは、自腹で給料を払ってでも、まずは人を雇《やと》うつもりだった。

「しかし、装置は用意してくれても、人員は用意してくれないんだな……」

「まあ、仕方ないですね。まだ名もない研究室なんですから」

大学と一体になっているので学生が配分されてもいいはずなのだが、どうやら希望者が〇《ゼロ》だったらしい。極東の国から来た得体の知れない青年の研究室になど、ということなのだろう。技官の配属がないのも、同じ理由らしい。

なんにせよ、足りないのは人員。研究というものには、まず人間の力が必要なのだ。こればかりは、世界がどれほど進化しようと変わることがないだろう。機械が発見をできるようになるなら、話は別ではあるが。

「募集は事務室で事前にかけてもらったから、そのうち希望者も集まってくると思うけど……」

「また、無駄に楽観的ですねえ」

「楽観的じゃなきゃ、技術者なんてやってられんって」

そんなボヤキをネルが洩《も》らしていた最中に——

娘が一人、いきなり飛び込んできた。

何やら既視感のある光景だった。

「ビゼンセツリ先生ですね！　はじめまして！」

娘はネルに向かって元気のよい挨拶を飛ばした。なにやら、昂《たかぶ》った表情で息を切らしている。

明らかに、様子が尋常ではない。入り口の守衛とすったもんだの一つ二つは起こしてきたようにも見える。いったい何をしにきたのだろう、とネルは不審に思わざるをえなかった。

「お目にかかれて光栄ですっ！」

よく通る声とともに娘は、執務机についているネルに頭を下げた。初対面の相手に深々と頭を下げるのは、ネルの故郷である東洋式の挨拶である。とはいえ懐かしさなど感じる余裕もなく、当のネルはひたすら困惑するばかりだった。

「……まあ……とりあえず……」

ネルはぼんやりとした返事とともに娘を眺めた。

そして、気づいた。

——さっきぶつかってきた娘か……。

ネルは隣に座るユウに目を向けた。彼もすでに気づいていたらしく、ハプニングを楽しむような顔で娘を見つめていた。落ち着き払った表情だ。

「あー……まあ、こんなところではじめましてと言われても……困る」

ユウの口もとにある笑みが、少しばかり広くなった。ネルが戸惑っているのを面白がっているのだろう。

「はい！」

言葉に困っているネルに、娘は屈託《くったく》のない笑顔を見せた。

どうやら彼女の方は、さっきぶつかったことを記憶していないらしい。よほどあちこちでトラブルを巻き起こしてきたのだろう。実際、いかにもトラブルメーカーな雰囲気を漂わせた娘だ。いったい何の目的で来たのか、とネルは身構えずにはいられなかった。何か、嫌な予感がする。

「あの、新設される研究室の技官を探しておられるのですよね！　わたし、やります！　雇ってください！」

語尾で言葉が切れるたびに、長い栗色《くりいろ》の髪の先端が跳ぶように揺れる。蒼《あお》い瞳は元気の良さと意志の強さを表して、いきいきと輝いていた。

「………」

答えに迷い、ネルは目の前に立つ娘を、どうしたものかと見つめるばかりだった。

容姿自体は、むしろおとなしく見える。顔立ちだけなら、おっとりとして落ち着いた印象さえ受けるほどだ。服装も、清潔だが地味な格好をしている。華やかな部分は胸もとに小さな蠟細工《ろうざいく》の花かざりがあるぐらいだ。言葉遣いについても、語尾のgをほとんど発音しないあたり、どこか上流階級の娘っぽい雰囲気を持っている。

しかし、性格の方はまったく異なっているらしい。額《ひたい》に浮いた汗が、その証拠だ。ここにたどり着くまでに、よほど派手に逃走劇を繰り広げてきたのだろう。淑女らしからぬ行動を平気でする性格なのは間違いない。

「お願いします！」

娘はふいに膝《ひざ》をついて、額《ひたい》を床にこすりつけた。倭人どこで覚えてきたのか、土下座の姿勢だった。倭人の風俗について、ずいぶん勉強してきたらしい。気に入られるためだろうか。なんにせよ、そこまでやるだけの情熱は、確かに認められる。

「わたし、ここしかないんです！　いえ、ここしかないのでござる、殿！」

「……おまえ、倭人を相当誤解してるだろ」

「あのう」

二人のやりとりを前にくすくすと笑っていたユウが、とりまとめるように話に割り込んだ。

「とりあえず、お名前を聞かせていただけますか」

「あ、すみません！　わたしエルフェールって言います。エルエルと呼んでください！」

「……エルでいいじゃないか」

「はい！　ただ、そちらの方がプリティかつラブリーでお気に召していただけるかと存じまして！」

ネルは返す言葉を一瞬失った。

「……さてはおまえ……変な奴だな」

「ありがとうございます！」

エルフェールという名の娘は、何を言われたのかも気づいていない様子でぱっと顔を輝かせた。正座の姿勢になって、彼女はさらに続けた。

「わたし、東洋人ではじめて王立技術院の講師になられる先生を、ずっと前から尊敬してたんです。二十五歳で研究室の代表だなんて、ほんとすごいですよね。あ、面接用のおべんちゃらじゃありませんから！　本当に尊敬してるんです！　死ぬ気で頑張《がんば》ります！　死ねと言われれば死にますっ！　切腹いたしますっ！」

緊張のためか、頬がかすかに震《ふる》えている。言っていることも支離滅裂《しりめつれつ》だ。

白い顎《あご》から汗が流れ落ち、薄緑色の長スカートに小さな染《し》みを作った。

「自信はあります。いまから試験してください！　どんなことでも大丈夫です！　服を脱げとか以外なら！」

「うーん……」

娘の熱さに押されて、ネルは曖昧にうなった。技術者一筋の生き方をしてきたネルにとって、女性は苦手な部類に入る。まして、この烈しい性格。おとなしげな外見とあまりに不釣り合いなだけに、なおさらである。

瓦斯灯の明かりのもとで息を整えている娘を前に、どうしたものかとネルは首をひねった。

「技官希望者は、事前に事務室の方に履歴書を送付するよう掲示しておいたんだが」

「わたし、送りました！　送りましたったら送りました！　絶対間違いありませんっ！　だって、自分で直接、事務室の郵便受けに入れたんですもの。なのに、面接のお知らせがいただけなかったんです！」

「なるほど……」

ネルはこめかみのあたりを掻《か》きながら軽く息をついた。説明を求めるエルフェールの視線に、ユウが答えた。

「女性だということで、事務室が勝手にハネたんでしょうね。困ったものです」

この国のみならず、世界でも女性の工学技術者はまだほとんど例がない。女性が社会進出を果たしていること自体が少ないのだ。女性には参政権が認められていない国家も多い。

「とはいえ……まあ、女が技術をやるのは、おれもあまり勧めない」

「どうして⁉　東洋人の先生でも、そんなことを仰《おっしゃ》るんですか？」

なじるようにして娘はネルに食ってかかった。落胆《らくたん》と怒りを隠しもせず、目の前の相手を睨《にら》んでいる。

どんな感情を表すにも、テンションの高い娘だ。

「いや、差別で言うのではなく……この世界は基本的に肉体労働だからな。体力的な部分でどうしても問題が出てくる。三日三晩眠らずに実験ってことも多い。重労働でもあるし、危険もある」

「わたしなら大丈夫です！　体力なら自信がありますもの。重い機器を運んだりするのも平気です。腕力も体力も、そこらへんの男よりは上だと思いますよ。実際、この部屋に来るまでにも、おじさんを五人ばかり倒してきたんですから！」

「…………」

「なんでしたら、他の面接者と拳闘で勝負してもいいですよ！　絶対に負けませんから」

「……まあ、体力的に問題はないとしてもだな……」

娘の過激さに、ネルは少々答えに困りながら言葉を選んだ。

「まあ、他にもいろいろ難しいことがある。薄給だから、年中白衣で過ごさないといけなかったり、パンの耳だけで一月暮らしたり」

「わたし、そんなの平気です。おしゃれにも美食にも興味ありません！　一週間ぐらい着替えなくたって、どうってことないです！」

「炉を使う実験なんかで、顔に火傷《やけど》したりしたら」

「頬に傷があるぐらいのほうが、ハクがついていいです！　それぐらいの覚悟はあるんです！」

「化粧とか身づくろいとかしてる時間もとれない」

「そんなの必要ありません！」

「体調が悪くても休めない」

「生理ぐらい根性で止めます！」

「……女性用のトイレもない」

「外でやります！」

「…………」

それはちょっと、と答えかけて、ネルは扉のほうに目を移した。何やら騒々しい足音が聞こえたためだ。

「ちっ、もう追いかけてきたのね。徹底的に倒しておけばよかった」

舌打ちしながら、娘は小声で吐き捨てた。おっとりとした容姿からは想像できないような、ひどく邪悪っぽい口調だった。

「いたぞ！」

技術院の警備員たちが、開いた扉の外から流れ込んできた。同時に、複数の足音が近づいてくる。十名ほどだろうか。非常事態ということで、応援を呼んだらしい。娘一人を相手に仰々しいことだ。ネルはため息とともに腕を組んだ。

「失礼！」

警棒を携《たずさ》えた警備員たちが、一斉にエルフェールへとなだれかかった。そして、ネルに断りもせず殴りかかる。よほど気が立っているのか、相手が女性だという遠慮すら忘れているようだった。娘一人にのされてしまった気恥ずかしさから逆上している部分もあるのかもしれない。

「先生っ！」

部屋中を走りまわり、机から机へと飛びまわって警棒をかわしながら、娘は哀願のような叫びをネルに向けた。

警備員は、娘を囲むようにして広がる。

そして彼らは同時に襲いかかった。体格の優れた男たちに包まれ、娘の身体はすぐに視界から消えた。

「きゃあっ！」

押し合う人ごみの中から、悲鳴が上がる。さすがに娘は反撃することもできず、警棒でしたたかに打たれ、すぐに床に抑えつけられた。

後ろ手を取られ、首を警棒で抑えられたままの姿勢で、娘はネルを睨《にら》む。

「先生……わたし、絶対に諦めませんから！」

これ一つと決めたような瞳の強い輝きはまだ失われていなかった。その光は痛みを伴った訴えとなって、ネルの心のどこかに流れ込んだ。

「静かにしろ、この女！」

一人が、いきり立ってエルフェールの頭に警棒を振り下ろした。鈍《にぶ》い音が部屋の中に響き渡る。

「止めろ！」

はじめてネルは立ち上がって、警備員の男に烈《はげ》しい声を放った。

エルフェールの額からは、血が流れて床へと滴《したた》り落ちている。ネルは憤《いきどお》った。

「……罰は十分だろう。放してやっていただきたい」

「そういうわけにはいきませんね」

東洋人に対する蔑《さげす》みを隠さず、男は高圧的に続けた。あまり質の良い職員ではなさそうだった。あるいは、日雇いの警備員なのかもしれない。

「これは我々の仕事です。立ち入らないでもらえませんかね」

「ここは私の部屋だ」

ネルは警備員たちを睨《にら》み据《す》えて言った。迫力のある視線ではなかったに違いない。だが、決然とした口調のために、警備員たちは少しばかり気圧された様子になって沈黙した。

「そして私はあなた方を呼んではいない。したがって、私がこの娘を弁護すれば、あなたがたにはこの娘をいまここで拘束《こうそく》する理由はなくなるはずでしょう」

実際には建物に侵入して警備員を殴り倒してきた娘が一方的に悪いのだが、こういう時は相手よりも速く話したほうが勝ちだ。よく『寝る』などと冷やかされるネルだが、可能な限りの速度で彼は叡理語を繰り出した。

「女性の頭を殴って出血させたのは、明らかに行き過ぎだ。私が上に報告すれば、あなたがたの首もあぶない。ここはお互いに下がったほうが無難だとは考えられないか」

あからさまな舌打ちが聞こえた。ふてくされたように俯《うつむ》いている警備員たちに、ネルはもう一度告げた。

「放してやっていただきたい。あとはこちらで処理する。お任せ願いたい」

娘を抑えていた男が立ち上がった。そして、あきれた表情で軽く首を振る。

周囲の警備員たちはしばらく互いに顔を見合わせていたが、やがて諦めておとなしく出ていった。

「あ、ありがとうございます」

服の埃《ほこり》をはらいながら、エルフェールは身体を起こした。汗の混じった額の血を、ネルはハンカチで拭《ぬぐ》ってやった。

「とりあえず、今日は病院に行くんだ」

「え、傷は大丈夫です。それより面接を……あ、履歴書は……」

警備員に踏みしだかれた履歴書は、すでにぼろぼろの状態になっていた。娘は肩を落としてそれを拾い上げた。

「……ひどい」

くちびるを噛《か》んでエルフェールは床を見つめている。悔《くや》しさで言葉が出ない様子だった。ネルはそれを見ていられず、目を逸《そ》らした。

「……今日のところは帰れ」

「え……でも、お願いします！　面接を続けてください！」

「だめだ」

「だって！」

「だめだ」

エルフェールは絶望的な目になって、すがるように隣のユウの方を見つめた。だが、ユウも困ったように首を振るだけだった。ユウはあくまでネルの助手という立場である。ネルがこの人物は使えない、と判断したならば、彼はそれにしたがうのみなのだ。

「わたし……」

涙まじりの視線をきっとネルに向け、エルフェールは宣告するように言った。

「わたし、絶対に諦めませんから！」

叫ぶと、頭の傷も構わずにエルフェールは部屋を飛び出していった。強い意志の籠《こ》もった声の余韻が、部屋の内に残った。

彼女の後ろ姿を見届けてから、ユウが軽いため息とともに微笑を洩らした。

「やはり、女性には技術は無理、ということですか」

「いや……」

「違うのですか?」

「……うーん」

少し考えながら、ネルはあれこれと思い出すようにして言葉を繋《つな》げた。

「何か引っかかることでも?」

「そうだな……。例えばあの娘……胸のところに花の形をした飾りをしていただろ」

「ああ、そういえばしていましたね。それが何か?」

「あれは、ワックスワークってやつだよ。ずいぶん昔に流行《はや》ったものと聞く」

「はあ」

「彩色された蠟《ろう》を使って一枚一枚花びらを整形して作るものだ。手先の器用さと根気がいる……それもあれだけ精巧なものとなるとなあ」

「ネルは、あの娘自身が作ったものだと?」

「いまどき、あんなものは売ってない。親からもらったものかもしれないが、まだ新しそうだったしな。昔に流行った物だから、友達からのプレゼントということもないだろうし。たぶん、自分で作ったものだと思う」

「で、結論としては?」

「……手先の器用さと根気強さ、そして、周りの流行に流されない志向……ってところかな……」

「技術をやるために必要な能力のベスト3ですね」

「……ああ、まあな」

ネルは降参したように答えた。

「じゃあ、どうして追い返してしまったんですか」

「……怪我をしてただろ」

「そうではなく、連絡先とかぐらい……」

小言のようにユウは責める。

「うるさいな。やる気があったら、また来るだろ」

ユウはため息をついた。しかし、その息にはいつもの微笑が混じっていた。怖い顔に浮かぶ、優しい微笑である。

「……要するに、女性をどう扱ったらいいのかわからない、ってことですか」

「しょうがないだろ。苦手なもんは苦手だ」

拗《す》ねた言葉で応じるネルだった。若い女性がまったく苦手、というほどではない。が、あれだけテンションの高い娘となると、やはりどうかと思ってしまう。どう対応したものか困る。着任したばかりで右も左もわからない状況で、扱いきれるかどうか自信がない。自分に余裕がある時なら話は別だが……。

「じゃあ、しょうがないですね」

特に反論もせず、ユウはやはり笑みとともに受け容《い》れるのだった。事態が今後どうなるか、すべてわかっているような顔つきだった。

2

絶対に諦めない、という言葉は、やはりウソではなかった。

あれだけ熱さに満ちた娘が、そう簡単に折れるわけはないのだった。翌日も、その翌日も彼女は、どこからか技術院に忍び込んで、ネルの部屋を訪れてきた。他にも技官の募集をかけている研究室はあるのだが、彼女はネルのところを集中的に攻撃してくる。こちらが人員が不足しているのを知っているのだろう、とネルは理解した。東洋人による新設の研究室で配属希望者が少ない、というのは実に弱みだった。

なんにしても、このまま毎日来られてはたまらない。

結局ネルの方が折れた。

採用面接だけでもやってみる、ということで妥協。

とはいえ、すでにネルはある程度覚悟を決めていた。このまま押し切られてしまうような気が、どうもしていたのだった。あの情熱とテンションには、到底逆らえないような気がする。

「おはようございます！」

　いつもと同じ元気な声とともに、エルフェールは頭を下げて挨拶した。席につくよう指示すると、彼女は緊張からかどこかぎこちない足取りで部屋の中央に進み、椅子に座った。

　緊張をほぐすように、ネルは気取らない口調で話しかけた。

「それにしても、頭を下げたり土下座したり、おれの故郷のことをよく調べてるみたいだな」

「はい！　わたし、先生のことだったら何でも知ってます。一八七一年十月九日生まれ、身長一七二糎《センチメートル》、体重五四瓩《キログラム》。好きな食べ物は鶏の唐揚げの皮、今朝の朝食は玉子サンド、自宅を出たのは八時一一分、技術院に着いたのが八時四八分、そのあとトイレに入っていた時間は七分二五秒……」

「……なんでそんなことまで知ってるんだよ」

「だって、昨日の晩からずっと見てましたもの」

　屈託のない笑顔で、エルフェールはけろりとして答える。自分では情熱をアピールしているつもりらしい。さすがにネルはため息をつかずにはいられなかった。

「……おれの故郷では、そういうのを変質者って言うんだけどな……」

「そうなんですか、覚えておきます」

　罪の意識などはないらしく、エルフェールはむしろ誇らしげに笑っていた。

「まあ、いいか……じゃあ、履歴書のほうに話を移すとして」

「何でも訊《き》いてください！」

　身を乗り出して、エルフェールは目を輝かせた。もう採用されることを疑っていないような、期待に満ちた顔つきである。

「ええと……十八歳で、最終学歴は王立女学院大学理学部数学科博士課程修了、か。これというのはウソじゃないよな」

「もちろんです！　ちゃんと卒業証明書もいただいてますもの。お疑いなら、今度お持ちします」

「まあ、それはいいとして……えらい飛び級だな。おれも飛び級したけど、十七歳でやっとこ帝大卒だったからなあ。十八で博士課程修了というのはすごいよ」

学問の水準では世間的にあまり認められていない女学院とはいえ、十八歳で博士課程修了というのは破格中の破格だ。この国の長い歴史の中でも、十八歳で博士号を取った者というのは、ほとんど例がないのではないか。破格なのは性格だけではなかったのだな、とネルは妙に納得した。

「あんなところ、簡単に通過して当然です。誰もかれも、学ぼうと思って通ってる人はいなかったし……もう戻りたくないんです」

「戻りたくないから、ここに来たってわけか」

「それは違います！　わたし、技術がやりたいんです。数学と違って、技術なら自分が作り上げた実物で示すことができますよね。数学だと、いくら画期的な論文を書いても、アカデミーで取り上げてくれなかったら、それで終わり。学者さんたちは、わたしの発想を理解してくださらないんですもの」

「まあ、そういうことはあるだろうけどな……。女学生の書く論文に、優れたものがあるわけないっていう先入観があるだろうし」

「そうなんです！　いくら問い合わせても、『現在査読中』か『理解不能のため受理できません』っていう答えしか返ってこなくて、いっつも……」

ふとネルは思った。額が割れるほど殴られても諦めない粘り強さ。それは情熱のゆえでもあるが、『慣れ』のせいでもあるのかもしれない。彼女は、理不尽に一蹴されることに慣れている。失笑されることに慣れている。そう思うと、可哀想にも感じられてくるのだった。

「じゃあ、一度その論文を見せてもらえるか。きみの言うことが正しいのか、それともアカデミーの学者の方が正しいのか、論文を見ればわかるだろうし」

「え、でも、専門外でしょうから、先生でもご理解いただけるかどうか……」

「まあ、ものは試しということで」

「わかりました、じゃあ、今度お持ちしますね」

エルフェールはいかにも嬉しそうに頷《うなず》いた。自分の書いたものがはじめて理解してもらえるかもしれない、という期待。そうしたものが表情から溢れ出していた。

「さて……。これ以上何を訊いたものかな」

ネルは椅子の背にもたれて腕を組んだ。

「技術の知識に関しては、いまのきみに訊いてもしようがないだろうしな。基礎的な学力には問題がないようだけど」

「一週間いただければ、必要なことは全部覚える自信があります。一ヶ月あれば、装置の扱いなどにも習熟してみせます。やる気なら誰にも負けません」

「まあ、確かにそうだろうけど……」

エルフェールの情熱については、ネルはすでに認めている。また、そのはげしい熱意はとても貴重なものだとも思う。

体力勝負である工学技術にとって、もっとも必要とされるのは情熱だ。いかに粘り強く同じ事を繰り返すことができるか、その耐久力は情熱から生じるためだ。知的な能力は、その次だ。

ここ数日、エルフェールの他にも数名の面接を行ったのだが、彼らにはその情熱がなかった。

よそでは採用されそうにないので、仕方なく……という雰囲気があからさまだったのだ。「研究費はどれほどか」「どこの助成財団の援助があるのか」などと、面接されている側から質問してくることもあった。軽蔑とエリート意識のあらわれだった。

それを思えば、このエルフェールの方がよほど面白いのではないか、と思えてくる。性格や気性に多少の（いや、多少どころではないが）問題があるにしても、だ。

ネルは一つ提案した。

「とりあえず、実験室の見学でもしてみるか。いまのうちの貧弱な装置を見たら、すぐにやる気がなくなるかもしれないしな」

「見せていただけるんですか！　やった！」

ネルの言葉の後ろ半分はもう耳にも入れず、エルフェールは弾《はず》んだ声をあげた。

「行きましょう！　いますぐ！」

立ち上がってそわそわと促《うなが》すエルフェールに苦笑しながら、ネルは部屋を出て実験室に向かった。はたはたと軽い足取りでついてくる娘は、もうこれが面接であることなどすっかり忘れて、新しいものを見ることができる喜びにひたっているようだった。

その新しいものとは、すなわち『水気』の技術――

もともとは東洋で生まれた技術である。真空からエネルギーを取り出し、水の裡《うち》に封じる。そうした技術だ。何もないところで常時対消滅している陰陽二方向のエネルギーを分離して吸い出し、利用する。この新技術は、蒸気機関によって達成された産業革命の発展をさらに押し進めつつあった。

いまや水気とはまさしく、新世紀に繋《つな》がる最先端の技術なのだった。

「何もないところから、エネルギーを取り出す……最初の人は、よく思いついたものですね。だって、何もないところって、何もないから何もないはずなんですものね。すごい発想だわ」

「新大陸には、車輪の文化がなかった。それと似たようなものだな」

「他にもまだ、わたしたちが知らないような概念って残っているのかしら」

「まあ、発想がない、という例なら結構ある」

「え、例えばどのような？」

「これとか」

ネルは胸ポケットから薄い木の板を取り出した。いわゆる竹トンボである。講義を行う時のために、学生の興味を引くアイテムとして作ってみたものだった。

「この木がどうかしたんですか」

「例えば、こういう板を宙に浮かせるという発想がなかった」

「……からかわないでください」

くちびるをとがらせるエルフェールに対して、ネルは無言で竹トンボを回転させて飛ばして見せた。回転する翼は、ネルの手を離れたあと、自力でどんどんと浮き上がっていく。

木の板は空中に留まり、そのまま浮揚《ふよう》を続ける。

エルフェールは目を丸くして竹トンボを見つめていた。

「回ってるだけなのに……。あ、そうか……速く移動するのも、その場で回転するのも、空気を翼で切っているのは同じなのね……」

「こうした発想を見つけるのが、技術をやる人間の仕事だよ。それに必要なものが何か、きみはわかるか」

「え……やっぱり、才能と知識ですか」

ネルは首を横に振った。

「それも大事だよ。でも、それよりも重要なのは『繰り返し』だ。対象について考え抜き、試行錯誤を繰り返す積み重ねなんだ。発想はたいてい、そうした積み重ねの狭間から生じてくる。だから、才能がある人より、ボンクラでもずっと考え続けるやつの方がはっきりと強い。技術をやるにしろ何にしろ、それだけは肝《きも》に銘《めい》じておくといい」

「…………」

エルフェールは沈黙して、ネルと竹トンボをしばらく見較《みくら》べていた。ややあって、ふいに彼女はネルに向かって身を乗り出すようにして、高い声を上げた。

「わたし、ほんとに感動しました！　やっぱり先生のところを選んだのは、間違ってなかったわ！」

大げさに言い募《つの》るエルフェールを前に、ネルは少しばかり心配になった。異常な感激屋の彼女にわざわざこういうものを見せたのは失敗だったかな、と思えてくるのだった。

「……まだ採用と決めたわけじゃないよ」

「雇《やと》ってくださるまで、永久に諦めません。永久に！」

「それは……」

こりゃ本物のストーカーだな、とネルはたじろいだ。不採用になったら、毎日つけ回すぐらいのことは平気でやりそうな気がする。

ただ、そういう性格は、仕事での粘り強さに繋がるのかもしれないが……。

「さて、着いた。せせこましい部屋なのでがっかりするかもしれないけど、まあ入って」

「はい！」

ネルが開いた扉を通り、エルフェールは中に入った。明るい栗色の髪が、内からの風に流されておさまり悪く広がる。外の埃《ほこり》が入らないよう、実験室の中は気圧が少しだけ高くなっているのだ。

「その髪は後ろで束ねておいたほうがいいな。あまり過敏になる必要はないけど、埃や髪の毛がそのへんに散らばってるっていうのも困る」

「お邪魔でしたら、明日にでも剃《そ》ってきます！」

「……いや、そこまでは」

この娘のことだから、本当に五厘《ごりん》刈りぐらいにして来かねない。ゴムで髪を束ねたエルフェールに、それでもう十分だ、とネルは念を押しておいた。

「さて、入ろうか」

エルフェールはもう待ちきれない様子で、靴脱ぎ場から中に入る内扉の前でそわそわとしている。性格にはいろいろと困った部分はあるが、その純粋さは微笑ましい。

「うわあ……」

中に入ったエルフェールは、あたりを見回して目を輝かせた。

ごく小さな実験室。その中央には巨大な真空装置があり、その周囲をさまざまな測定機器が埋めている。もう一つ目立つのは、ゴム管で真空装置と接続されている大きな水槽。水に親和性を持つ真空のエネルギーを、ここに蓄《たくわ》えておくのだ。

床はグレーの石造りで、壁は白い漆喰造りのむき出し。窓はカーテンで目隠しされていて、あたりはかなり薄暗い。小型の炉や化学薬品の棚、作業用の机などが壁ぞいに設置されているが、部屋の薄暗さのせいでかなり古びて見える。

だが、エルフェールは部屋の狭さや暗さなどは気にも止めていないようだった。ひたすら弾んだまなざしを周囲に向けている。

ややあって、彼女は部屋の中央に座している巨大な装置に近づいていった。

「これですよね、真空装置って……」

『水気』を作り出す真空技術は、知識のない人間にとっては魔法のように見える技術だ。しかし、それでも決して『何でもあり』な技術ではない。無制限・無秩序にエネルギーが取り出せるわけではなく、やはり一定のルールが存在する。

そのルールの一つに、真空度が高ければ高いほど（気圧を下げれば下げるほど）、より強く、より質の良い『水気』を取り出すことができる、というものがある。

『質の良い』水気とは、専門的で難しい話になるが、光として変換された時に、より高い周波数となるもののことである。『強い』水気は、光に置換したときの光の強度（明るさ）に繋がる。

そして、より質が良く、より強い水気を取り出す真空装置の研究は、ネルが故国にいた時に世界に先駆けて行っていたものだった。その開発に成功したことにより、ネルは王立技術院の講師に推薦されたのだった。

以前までは機械的な真空ポンプしかなく、10^{-3}托《トール》程度にしか気圧を下げることができなかった。しかし、ネルが提案し開発した新しいポンプは、最高で10^{-6}托《トール》にまで気圧を下げることができる。この水銀拡散ポンプという名前のポンプは、水銀の粒子を一定方向に噴出して、大気の分子を水銀と一緒に取り込んで排気する、という恐ろしく画期的な発想のもとに作られたものだった。ネルの手によるこの真空技術は、水気研究の偉大なブレイクスルーとなり、これまでの研究の停滞を一挙に前進させたのだった。

「えへへへ……」

エルフェールは装置の前で、いまにもよだれを垂らしそうな顔でうっとりしていた。その恍惚《こうこつ》の表情は、おとなしそうな外見にはいかにも不釣り合いだ。しかし、そんなことにはお構いなく、エルフェールは真空槽や計器をなでまわしては、えへへえへえへと薄気味悪く笑っている。変質者なだけではなく変態なんだろうか、とネルは内心で後ずさった。

「……そんなに機械が好きなのか」

「いえ、そうじゃなくて、わたし『いままでにない新しいもの』というのが死ぬほど好きなんです。いまの世の中を飛び出して、どこか遠くの新しい世界に連れて行ってもらえるような……ああ、うっとりだわ」

「そんなにいまの世の中が嫌なのか」

「ええ、いままでは……」

エルフェールは声を少しばかり沈ませて続けた。

「家の意向の通りに女学院に通って、でも、いくら頑張っても誰にも認めてもらえなくて。我慢できなくなったんです」

「……なるほど」

これほどはげしい気性の持ち主だ。貞淑《ていしゅく》な妻として静かに一生を終えるのは耐えられないことなのに違いない。見た目はいかにもおっとりとした娘さん、といった感じなのだが……。

「で、その家はどこにあるんだ？　履歴書に姓が書かれてなかったから、家出でもしてきたのかと思ってたんだけど」

「……それは、ちょっと事情があって……」

「なんだ、それは？」

「姓を書いちゃうと、差《さ》し障《さわ》りがあるというか……」

「と言うのは？」

ネルは戸惑ってエルフェールの後ろ姿を見つめた。

「なんか、どうも生まれつき、この国の王女をやらせてもらってるもので」

「…………」

「…………」

「……本当なのか？」

「ええ、まあ、たぶん」

ネルは、ふうん、という少々間の抜けた相づちを返すことしかできなかった。

3

大叡理帝国《エーレ》。

不列島《フレア》の南半分に位置する小国である。王家は有史以来一系という古い歴史を持っているが、約二百年前に北の蘇格国《ソケール》と分裂して以来、国力は衰退の一途をたどっているのだ。

老いた国家。

それが大叡理帝国の持つ最も大きな特徴なのだった。工業立国としての立場も、新大陸の国家に奪われつつある。技術や教育水準などはまだ一流国家としての体面を保ってはいるが、それもいつまでもつかは不明である。

だが、ネルは技術者として、この国はかなり気に入っていた。人種の違いに対するさげすみは確かにあるものの、それがすべての国ではない。心の深い部分から紳士である人も数多い。技術院の学長もその一人で、東洋人を是が非でも国家のために利用しようという意図もなく、活動報告の提出が毎週義務づけられている以外は、結構自由にさせてくれている。他の大国ではこんなに気楽な生活はさせてはもらえないだろう。兵器利用の研究も盛んな『水気』技術だ。そういう方面の研究に回されていた可能性が高い。

また、歴史が古いためか、国力のわりには教育施設や科学技術関連の予算は充実していて、欧州でも最も高い水準の大学や研究施設をいくつも抱えている。面白い論文を書く熱心な研究者も数多い。国家は老いていても、人が若いのだ。

それを証明するかのように、この日、ネルとともに王立大学および研究機関の任命式に出席した面々は、ほとんどが四十歳以下の若い研究者だった。式典にて、研究室の長となる者は王から指揮杖《じょう》を賜るのだが、これは将官が軍の司令官を拝命するときに授かる杖と同じものである。軍隊では、司令に任ぜられる者の年齢が四十歳以下などということはありえない。それだけ、国力を軍事よりも科学技術に注いでいるともいえるわけだ。

今日、その任命式に出席して、ネルは名実ともに王立技術院の講師として国王から任ぜられたのだった。

そして式典はつつがなく終わり――

後のパーティに出席したネルは、居心地の悪い思いをしていた。

特に知り合いもいないし、何よりやはり、たいていの人がなるべく東洋人を避《さ》けて通りたいというような雰囲気を持っている。自然、彼の周囲には奇妙な空白が生じていた。

「今日はお一人ですか、ビゼンセッツリ先生」

若い男の声だった。振り返ると、ネルと同じく技術院の研究室長として任命されたデューン・ディールという男が立っていた。

「ずいぶんとお寂しいことだ」

どうやらわざわざ皮肉を言いに来たらしい。金髪《きんぱつ》碧眼《へきがん》の端整《たんせい》な顔立ちをした男だが、いかにもプライドが高そうでもある。同じ技術院の講師として東洋人と同列に扱われることに、我慢がならないかもしれない。

「そうですね。早々に退散するつもりです……華やかな場は性に合わない」

相手を刺激しないように言葉を選びながら、ネルは曖昧《あいまい》に微笑した。ふふん、とディールは鼻で笑い、同情のまなざしでネルを見やった。

「おや、では今日の目玉を見てはいかれないのですか。ずいぶんともったいないことをなさる」

そんな情報を得る知り合いがネルにはいないのを知りながら、ディールはしらじらしく尋ねている。さすがにネルは少しうんざりとなった。しかし、これからの生活を思えば、なるべく気分を損ねないようにしておいたほうがいい。下手に恨みをかって、教授会などで弾劾《だんがい》されたりしたら面倒なことになる。

「何か面白い催《もよお》しでも？」

「いえ、催しではなく、人物ですよ。いままでほとんど人前においでにならなかった、親王のエルフェール殿下がおでましになられるとか」

「…………」

まさか、昨日うちに面接に来ましたよ、と答えるわけにもいかず、ネルは押し黙った。相手が無知を恥じていると解釈したのか、ディールは目の中にある勝ち誇った光をますます強くした。

ふいに、あたりをざわざわとしたざわめき声が満たした。

皆の視線が同じ方向にむけられている。どうやら、当の親王殿下が会場に入ってきたらしい。

面倒なことに巻き込まれないうちに立ち去ろう、とネルが歩きだそうとしたそのとき、周囲のざわめきがいっそう大きくなった。

あたりを見回すと——

エルフェールが、そろそろとした淑《しと》やかな足取りで近づいてきていた。

昨日まで見ていた彼女の歩き方とは、まったく違っている。典雅《てんが》そのものだ。やろうと思えばできるんじゃないか、とネルは内心で見直した。

王女は、ネルのそばまで来て静かに立ち止まった。白に近い薄桃色のドレスを纏《まと》って楚々《そそ》とした佇《たたず》まいは、やはりどうしても、昨日までのエルフェールと同一人物とは思えない。別人なんじゃないか、などとネルは心底疑った。

髪を結い、化粧をしていることもあるが、なんと言っても表情の違いが大きい。いかにも清楚《せいそ》で慎ましい美姫の顔つきをしている。

しかし、この姫君らしい仮面の向こうには、あの無茶で外道な性格が潜《ひそ》んでいるのだ。トイレなんて外でやる、などと言い出す魂が隠れているのだ。女というのはおそろしい。まったくもっておそろしい。

ネルはげんなりとならずにはいられなかった。

ネルが対応に困っていると、ふいに横からディールがするりと進み出て、エルフェールの前で膝をついた。

「殿下にはご機嫌麗しく……」

嫌な予感がよぎった。エルフェールの烈しい性格に、ありふれたご機嫌伺いは禁物のように思えたからだ。

案の定、エルフェールはディールの挨拶をまったく無視して、ネルのほうに視線を向けた。

「あなたがネル・ビゼンセツリですか？」

ぬけぬけとして、言う。

「先生の研究にはわたくしも前々から興味を持っていたのです。テラスのほうで少し話など伺いたいのですが、よろしいでしょうか」

「はあ……」

よくある話だ、とネルは不安を感じた。高貴な身分の人と偶然知り合う。再会する。親しく話す。そして……周囲の嫉妬《しっと》を買う。

これから新しい環境で仕事をするネルにとっては、なるだけ避けたい連鎖だった。

だが、エルフェールの方には、ネルの事情を斟《しん》酌《しゃく》している余裕はないらしい。

なぜ、余裕がないか。

それは、彼女が研究室に採用されるために、この場に出てきたからだ。間違いない。つまるところ、どんな手を使ってでも、ということなのだろう。王家の権力を使って脅《おど》してでも、などと。それぐらいのことは、たぶん易々《やすやす》と考える娘だ。

エルフェールはネルの曖昧な反応を見るが早いか、彼の手を取ってテラスのほうへと進んだ。ネルは仕方なくそれにしたがう。

後ろで、舌打ちのような音が聞こえた。振り返ると、予想通りディールが憎しみのまなざしをこちらにひたすら向けている。やっかいなことにならなければいいが、とネルはさらにうんざりとなった。

テラスに出て椅子に座り、エルフェールははじめて昨日と同じような明るい笑顔に戻った。そして、いかにも疲れたように深くため息をつく。

「あー、いやだいやだ、こういうとこって、やっぱりわたしには合わないです」

　気温が低いせいでテラスに人影は少ない。好都合とばかりに、エルフェールは淑女の仮面を脱ぎ去っていた。ネルの方もマナー悪く、篝火近くの手すりに腕を置いて頬杖をついた。

「合わないんだったら、わざわざ出てくることもないだろうに」

「どんな汚い手を使ってでも、ということなんです！」

「それで、これか」

「そうです！　先生、こないだわたしのこと『変な奴』とか言ったでしょう！　不敬罪で訴えてもいいんですよ！」

「脅迫までするか……」

「採用されるためだったら、どんな手だって使うんですっ！」

　瞳にある情熱は本物だった。先端技術に向かう志、それは同じ技術者であるネルにもわかる。とはいえ、無茶をする性格に、いまなお二の足を踏んでしまうのも確かだった。

「情熱さえあればいいってもんでもないんだぞ」

「じゃあ、後は何が必要だっておっしゃるんですか！」

　思慮や分別や常識といった言葉が次々と頭に思い浮かんだが、ネルは口にしなかった。また不敬罪だのといって騒ぎ立てられたらたまらない。

「とりあえず……まだ論文を見せてもらってないしな。そのへんの能力を見極めてから、ということにしたい」

「ふふふ……」

　エルフェールはいやみっぽい含み笑いを見せた。してやったり、といった顔つきだ。くるくると変化するその表情は、やはり王女らしいものとは言えなかった。

「じつはこんなこともあろうかと！　ちゃんと持ってきてます！　わたしの論文！　ぜひご覧になってください！　先生になら、わかってもらえるに違いないわ！」

「……どこに持ってきたって言うんだ。それらしいものは見当たらないけど」

「へへへー」

　あたりを見回してからエルフェールはさっとスカートの中に手を入れると、そこから紙の束を取り出してネルに手渡した。どうやら、太股《ふともも》の間に挟んで歩いていたらしい。お淑やかな歩き方だったのも、一つはこのせいか。

　紙にはまだ、体温のぬくもりが残っていた。

「うーん、なんというか……きみはあれだな、やはりちょっとどうかしてる人だな」

「常識はずれと言ってください」

「まあ、それも確かに認めるが……」

　ぶつぶつと言いながら、ネルは論文に目を通した。

「なるほど、群論か……よくできてるじゃないか」

「おわかりになるんですか⁉」

「まあな……しかし、よく一人でまとめあげたもんだな」

　エルフェールの論文は、一八三二年に二十歳で夭《よう》折《せつ》した天才数学者が記したものを、さらに深化・発展させたものだった。後に抽象代数学と呼ばれることになる難解な分野である。その内容はあまりにも先端的すぎて、他の学者が理解できなかったのも無理はなかった。ネルでさえも、完全には把握できなかったほどだ。

「うーん……正直なところ、これほどとは思わなかった。まいったよ。すごいな」

　心底から感心して、ネルはうなるように言った。

　これだけの発想ができるなら、技術者としてもかなり面白い素材かもしれない。

　ネルは素直にそう感じた。

「……うぅ……」

奇妙なうめきが聞こえた。驚いて顔を上げると、エルフェールは感涙で目を赤くしていた。相変わらずのはげしい感激屋ぶりだ。喜怒哀楽の振幅が、人の数倍はある。

「うれしい……認めてくださるんですね。ごめんなさい、こんなのはじめてだから……」

「そのうちみんなが認めるだろ。数学アカデミーに提出したんだったら、いずれ誰かが気づくだろうし」

「もう気づかれなくても構いません。先生に認めていただいただけで十分ですもの」

まだ感激がさめやらぬのか、エルフェールは俯いて肩を震わせていた。無茶苦茶な性格の娘だが、こうして見るとしおらしくも感じる。

「まあ、世間に気づかれなくても、これがまったく無駄になるというわけでもない……。群論というのは、結晶の分類とか情報の理論とか、結構いろいろな分野に応用できる。これから技術をやるんだから、無駄ということはないだろ」

「え……」

エルフェールは驚いた表情で顔を上げた。

「どうしたんだ?」

「これから技術をやるって、おっしゃいましたよね」

期待に輝く瞳。口を滑《すべ》らせただけだ、といまさら言うわけにもいかず、ネルは困惑した。確かに能力はあるものの、性格のことを考えると先が思いやられるのだった。

しかし、いま断ったら、それこそ何かおそろしいことになりそうな気がする。

「ま……これだけの論文が書けるんだし」

そう納得することにした。

「え、じゃあ……!」

「一週間後あたりをメドに、仕事を手伝ってもらおうか」

「いまからでも行きます!」

「……そういう無茶なところを、早く直してもらえると助かるんだがな……」

心からの懇願《こんがん》もエルフェールの耳には入らなかったらしく、彼女はひたすら「やった、やった」と繰り返しながら身体を震《ふる》わせていた。

「あ、そうだ！」

エルフェールはふたたびスカートの中に手を入れ、一枚の紙を取り出した。一体どこに隠し持っていたのか、おおよそ推測はできたが、ネルはできるだけ想像しないようにした。

「じゃ、じゃあ、あの、この誓約書にサインしてください、サイン！」

王女が差し出した紙には、

「私ネル・ビゼンセツリはエルフェールを技官として採用することを誓います。約束を違えたときは、針を千本飲みます」

などと書かれている。ネルは肩を落とした。どこで針千本などという言葉を覚えてきたのか知らないが、とにかく彼女なら本当に飲ませようとすることだろう。

「さあ、早く早く！」

紙とペンを持って急かせるエルフェールに、とうとうネルは降参した。どうにでもなれ、という捨鉢な気分でもあった。

王女は、残酷な死刑執行人が囚人を前にしているような顔で待っている。「錬」と簡単にサインを入れて、ネルはエルフェールに紙を返した。

「あ、これって『漢字』ですよね！ 実物ははじめて見ました。へえぇ……」

紙を縦にしたり横にしたりしながら、興味深げにエルフェールはネルのサインを観察している。

新しいものを見る好奇心で瞳をきらきらと瞬かせている、その無邪気な姿。

それが先にどのような結果をもたらすのか。

不安は、やはり残るのだった。

4

窓の外を、音のない雨が満たしていた。

天然の雨ではない。煤煙《ばいえん》対策としての人工雨である。真空から取り出したエネルギーを詰めた弾を上空で爆発させて、雨を呼び込んだものだ。真空のエネルギーには水に対する親和性があるので、ある程度降雨の操作が可能になるのだ。このエネルギーが『水気』と呼ばれるゆえんである。水気エネルギーによって水蒸気を集め、人工的な雨を降らせて、大気中の煤煙を洗い流す。新世紀へと向かう新しい技術の一つだ。

そうしたものに自分が明日から携わるのだと思うと、エルフェールの心は弾んだ。

弾みすぎて、あやうく窓から飛び出して叫び回りたくなるほどだ。部屋の柱に頭をがつがつと打ちつけて興奮を抑えようとしたが、とうてい収まりそうになかった。

「やった、やったあ!」

額から血をだらだらと流しながら、エルフェールは床を転げ回った。そうしているうちに、ふと机の上に飾った写真が目に入る。東洋人の青年が写された写真だ。少し眠たげな目をしてはいるものの、なかなかの美男子である。

ネルの写真だった。

図書室の学術雑誌に載っていたのを、ひそかに拝借してきたものだった。悪いことだとはわかっていたが、がまんできなかった。王宮の図書室にある学術雑誌なんて読む人はほとんどいないから……などと言い訳をして、一枚だけもらってきてしまったのだった。

「ありがとうございます! ありがとうございます!」

写真の前で土下座をし、エルフェールはふたたび額を床に何度も打ちつけた。しばらくそれを続けてから、ふるふると感動に打ち震え、そしてまた同じように床を転げ回る。

「えへへへ、うへへへ……」

不気味に笑いながら奇行を繰り返す。端から見たら変態じみて映ることは自分でも薄々わかっている。が、それでも彼女は自分の感情を我慢することがどうにもできないのだった。

「未知の技術、未知の知識……」

エルフェールはまだにたにたとしたまま、呪文のように言葉を繰り返した。

「未知の世界……」

それを垣間見せてくれる人。

人々は東洋人を疎《うと》んじたり遠ざけたりするが、それがエルフェールにはどうにも理解できなかった。新しいもの、新しい発想、そういった胸がわくわくする存在に出会える機会を、どうしてそんなに怖れるのか。まったく理解不能だ、と思う。

五年前にネルの存在を知ったとき、あまりの喜びではしゃぎすぎ、ついうっかり三階のテラスから庭の池に飛び込んで大怪我をしてしまったのを、エルフェールは昨日のことのようによく覚えている。

彼なら、自分をいまの世界から連れ出してくれるに違いない。

あんなすごい発想を真空技術にもたらした彼なら。

彼じゃなきゃだめだ。

わたしには、彼しかいない。

そんなふうに思えたのだ。

錯覚かもしれない、とは自分でも思う。が、立ち止まるつもりはなかった。錯覚も、それを貫《つらぬ》けば事実となることをエルフェールは知っていた。想像だけで火傷《やけど》をしたりする例があるように、人間がひたすら懸命に思い描いたことはかならず具現化するのだ。

この五年間、エルフェールはその想い一つに、ただひたすら真剣だった。

彼の近くで働く。そのためには、有無を言わせぬ学歴、有無を言わせぬ知識、有無を言わせぬ性格が必要だった。

少しでも早く。一歳でも若いうちに。

思いこみは、ほとんど初恋のようでもあった。

少なくとも、エルフェールはそう信じた。

結果、彼女は六年という超スピードで学士・修士・博士の課程を通過した。学究的な分野の学問でなら、たいていの専門家を鼻で笑えるぐらいの知識も身につけた。

よし、これならいける！

その確信をもって、エルフェールは突撃した。

そして、準備に準備を重ね、慎重に慎重を期してきた我慢は、ようやく報われたのだった。

「ふう……」

ようやく暴れ疲れて、エルフェールはベッドに横たわった。

「よかった、先生が想像通りの人で……これで実物はポンコツだったりしたら、目も当てられないもの」

独り言を繰り返しているうちに、やがて眠気が訪れてきた。

うとうととして夢との狭間に浮かんでいると、ふと遠い昔のことが脳裏によみがえった。

まだ彼女が幼女と言ってもよい年齢だった頃――

彼女は、打ち上げ花火を見ていた。

花火は真空技術応用の花形といってもいい分野である。

いかに大きく、いかに美しい花を夜空に咲かせるか。そのデモンストレーションに、いまや各国の技術者が必死になって取り組んでいるのだ。そこで得られた基礎的技術は、いずれ軍事にも民生品にも応用できるためである。

火薬による花火とは明らかに異なる、球形の輝き。

それが、幼いエルフェールの目の前に広がっていた。暗い赤が丸く広がる不思議な輝きである。当時は、暗い赤以外の色を作り出す真空技術はまだ存在しなかった。

「あたし、あれ作りたい」

さまざまな動きで次々と浮かんでは消える花火を指さして、幼いエルフェールは言った。思えば、自分の無謀《むぼう》さはあのときからあまり変わっていないような気がする。

「無理だよ」

側に立っている少年が答えた。優しいが、なんだか妙に冷淡な声だったようにエルフェールは記憶している。

「どうして？　ちゃんとお勉強すれば、あたしだって」

「おまえには無理だ」

とりつく島もなく少年は言った。その目はエルフェールのほうに向けられてもいない。

エルフェールの記憶の中では、この少年はどんなことでも知っている人だった。逆らうことは許されないと思っていた。しかしそれでも、幼いエルフェールは反抗せずにはいられなかった。

「でも、だって一生懸命頑張れば……」

「たとえば女性の筋力は」

少年はエルフェールの言葉を遮《さえぎ》って、冷酷に説明を加えていった。

「平均すると男性の筋力の七割しかない。持久力、瞬発力、どれをとってもそう。逆に能力の欠如による劣等……例を挙げれば空間把握能力の欠如による方向音痴の数などは、男性の一・四倍……。要するに、女性はあらゆる能力において、平均して男性の七割でしかない」

「そんな……」

「正規分布の中心が三割も低い位置にある。これでは、たとえ女の中では数百年に一人の天才であっても、男にとってはたかだかちょっと頭がいいという程度のものになる。女は劣等な生物だ……つまり」

はじめてエルフェールのほうに向いて少年は言った。見下す視線がエルフェールの心に突き立った。

「女はしたがうために生まれているのさ」

頭に血が上って、一気にエルフェールは現実に引き戻された。

「きええーっ！　ちくしょーっ！」

いやな記憶を消そうと、エルフェールは枕を思いきり壁に向かって投げつけた。しかしそれだけでは気持ちが収まらず、ベッドの側の鏡に拳を叩きつける。ガラスが蜘蛛《くも》の巣の形に割れ、指の間から血が滴った。

「はあ、はあ……3・14159265358979323846264338327950288……」

気持ちを落ち着かせるために、円周率を数えに数える。

それでもまだ心は晴れず、エルフェールはベッドの上で屈辱に身悶《みもだ》えた。

「1971693993751O……ああ、もう！　絶対思い知らせてやる……殺す！　殺す！　絶対に！」

ふいに思い出した記憶のおかげで、また技術をやりたい理由が増えた。

本当に七割しか能力がないか、知らしめてみせる！

差別されてるだの虐《しいた》げられてるだのと、ひ弱なことを言うつもりはない。実力で屈服させてやる。あの人の力を借りれば、かならずやれる。わたしにしかできない。だからわたしがやるしかない！

興奮がさらに興奮を呼び起こし、眠りの気配を吹き飛ばす。

結局、エルフェールはその日、朝まで一睡もすることができなかった。

翌日、エルフェールは女王の書斎に呼び出されていた。

衛兵を出し抜いて宮殿を抜け出していたこと。技術院に毎日忍び込んでいたこと。警備員らを殴りたおしたこと。身分を偽《いつわ》って技官の面接を受けていたこと。東洋人の研究室で採用を認めてもらったこと……。

などといった行状がすべて、女王の耳に入ってしまったためだった。

「……まったく、あきれた話だわ」

執務机についた女王エルフォリアは、孫娘のエルフェールに向かって、ため息とともに言った。

威厳のある声だ。七十七歳にしては若々しい。外見もまた同じだ。かつての美しさを、人の祖母となったいまも残している。厳しい威光を放っているが、同時に淑女の品位も漂わせているのだ。この女王を見るとエルフェールはいつも、萎縮《いしゅく》しつつも憧れる、という不思議な感情を持ってしまう。

「でも、困ったことに、わたしもそういう話はきらいじゃないのよ」

女王は机にある書類の端《はし》を指でもてあそびながら、思案げに言った。

机の上は、意外に雑然としていた。山積みになった書類や本に、真鍮《しんちゅう》のランプが明かりを落としている。女王の多忙さを示すものだろう。バイタリティに満ちた女王の気質を、エルフェールは強く受け継いでいた。実際のところ、粛々《しゅくしゅく》として威厳のある女王も、少女時代はかなりのお転婆《てんば》だったという話だ。

「わたし、どうしても技術がやりたいんです!」

祖母に向かってエルフェールは訴えた。いつもの烈しい口調だ。

「宮殿で静かにしているなんて、わたしにはできないんです! わたし、いろんな人を見返してやりたいの! 頭の固い学者や、わたしをバカにした人間とかを!」

「……それだけ?」

女王はふいに、厳しい目になった。

「そんなのじゃ、まだ覚悟が甘いと言わざるをえないわね」

「え……」

「見返す、なんていうのは、低い位置にいる人間が言う言葉よ」

「ち、違います！」

「違わないわ」

女王は言葉厳しくエルフェールを諭《さと》した。君臨する者の声だった。

「違いますっ！」

頑固さでは負けないエルフェールは、さらに声を高くして言い返した。ここで言い負かされたら、すべてを失ってしまう。エルフェールは必死だった。

「わたしは、新しい技術が見たいんです！　前進するものが見たいの！　切り開くものが見たいの！　新しい世界が見たい！」

「じゃあどうして、そちらの方を先に言わないの？」

はっとしてエルフェールは口ごもった。何も言えないのだった。自分の動機が、いつの間にか品性の低い場所に落ちていた。それを認めざるをえなかったからだ。

「悔しさから行動を起こすのは、悪いことではないわ」

女王の話は、やや穏やかさを取り戻した。

「でも、それが第一になってはいけない。それは淑女としての品位に欠ける行いだわ」

「はい……」

意気消沈して、エルフェールは俯《うつむ》いた。ぐうの音も出ないのだった。

恨みを動機に、何かをやろうだなんて。確かに、下品だ。卑《いや》しい。あさましい。そんなのは自分じゃない、と思った。

やりたいから、やる。それが自分だ。

そして何より、人を見返すためにやるなんて、先生に失礼だ。自分の感情を解決するために、利用するようなものだから。技術一つに懸命になっている人を利用するなんて！　そんなひどいこと！

　恨みなんて捨てて！

　ただわたしらしく一生懸命に！

　もっと品性高く！

　ただひたすら、新しい世界を追って！

　そうでなければいけないわ！

「身分は、こちらで用意したわ」

　感情のない口ぶりで、女王は孫娘に告げた。冷ややかといってもいい態度だったが、それは女王としての責務がそうさせているのだった。

「え……」

「懇意《こんい》にしている紅茶商人に頼んでおきました。あなたはこれから宮殿の外では、エル・リッジウェアと名乗りなさい。近くに下宿も借りてあります。中流階級のアパートですけどね。技術院の学長にも、話は通しておきました」

「じゃあ……」

　エルフェールは目を輝かせて女王に飛びかからんばかりになった。が、それはさすがに我慢して、その場で跳ねるように飛び上がった。

「技術院に入れてもらえるんですか⁉」

　女王は応えず、インクスタンドからペンを取って書類に目を落とした。そしてややあってから、静かにエルフェールに告げた。

「所詮あなたは、第七子の第七子《セブンスチャイルド・オブ・セブンスチャイルド》。しかも、王父親が亡くなって王宮に帰ってきた出戻り王女。王室にとっては、いてもいなくても同じような存在なのよ」

　感情を消した口調は変わっていなかった。聞く人によれば、不機嫌なようにも聞こえるに違いない。実際、エルフェールもそう感じていた。見捨てられたんだ、とエルフェールは思った。

「……でもね、多くの子や孫の中で、あなたは一番わたしに似ている。愛しているわ、エルフェール。あなたの未来に幸運と神の祝福があらんことを願っています」

不意の言葉に、エルフェールは一瞬戸惑った。

ややあって戸惑いが沈黙の内へと消え去ったときには、女王はすでに自分の執務に集中していた。頰の涙を片手でぬぐいながら、エルフェールは一礼して女王の前を退出した。

5

あれからほんの一ヶ月――

王女の『初恋』はあっさり破れようとしていた。

来る日も来る日も雑用の日々、というのはある程度覚悟していた。実験室の掃除から書類や資料の整理、論文の清書、書簡の代筆……そういうものの連続にはうんざりしたが、まあ修行の一環だと思えば我慢もできる。

でも、装置に触らせてもらえないのはどうしてなのか。この一ヶ月、研究らしいことは何一つさせてもらっていない。

自分は召使いとして雇われたのではない、と声を大にして訴えたかった。

「もう、先生、散らかしたものはちゃんと片付けてよ！」

執務室の本棚を整理しながら、エルフェールはネルを叱り飛ばした。言葉遣いも、この一ヶ月ですっかりぞんざいになってしまっている。

　彼女は性格的に、だらしなさというものが病的なほど嫌いだった。

　脱いだ服はきっちりとたたんで積み重ねておかないと、気持ち悪くて耐えられないタイプなのだ。散らかしたら散らかしっぱなしのネルを見ると、背後からこめかみの急所に回し蹴りを入れるなり頭突きをくらわせるなりしてしまいそうになるのだった。

「ちょっと、先生っ！　聞いてます⁉」

「あー……」

　ネルは机で論文の執筆を続けながら、生返事だけで答えた。そしてふらふらと立ち上がり、本棚から本や論文を抜き取り、机に戻る。ざっと目を通す。閉じる。そのへんにほったらかす……それをエルフェールが片付ける。

　それを今日は二八回繰り返し……。

「んもー、いい加減にしてくださいっ！」

　エルフェールはネルの顔面に腕を回して、ぎりぎりと思い切り締《し》め上げた。う、といううめきとともにネルは手足をじたばたさせてもがく。

「ううっ、死ぬ！　死ぬだろ！」

「殺すようにしてるんだから、当たり前です！」

「………っっ！」

　相手がぐったりとなる寸前のタイミングで、エルフェールはようやく腕を離した。

　赤くなった鼻周りをさすりながら、ネルはうらみがましげに彼女を見上げる。

「……おまえは無茶するな、いつもいつも……言っておくけど、おれはおまえみたいに頑丈《がんじょう》じゃないんだ」

「読んだ本はちゃんともとのところに戻しなさいっ！」

「あ、ああ……」

　そう答えるが、反省している様子はない。読んだ本の山を戻しには行ったが、せっかくきっちりと分類整理して美しく蔵書を並べている棚に、ネルは本を平積みでおざなりに置いた。

忍耐の糸が、脳内で音を立てて切れた。

「……もう知らないっ！」

部屋を飛び出して、エルフェールは研究員の居室に走った。

居室と言っても、使っているのはエルフェールの他にはまだユウ一人しかいない。学生の研究室配属はまだまだ先になりそうだったし、エルフェール以外に技官や研究員は採用されなかったのだ。

「ユウさんっ！　わたし、もう我慢できません！」

ビゼンセツリ研究室のたった一人の助手であるユウに、エルフェールはとうとう不満をぶちまけた。

「なんで雑用ばっかりで、装置も触れなくて、パープリンの身の回りの世話ばっかりなんですか！」

言葉足らずになっているのにも構わず、エルフェールは顔を紅潮させて訴えた。

「もう一ヶ月にもなるのに……」

「まあ、落ち着いて……紅茶でも飲みます？」

ユウは微笑してカップを差し出した。温かい声である。そして実際、きわめて温厚な人格者であるのを、エルフェールはこの一ヶ月ですでに知っている。二歳年下のネルに対しても丁寧な言葉遣いをすることだけでも、そのいい人ぶりがわかろうというものだ。外見は控えめに見えるらしい自分とはちょうど逆だな、とエルフェールは常々思っていた。この人の性格がネルの中に入っていたら最高だったのに、と神を呪ったことも、一度や二度ではない。

「結構仲良くやっているようですね。先生はあなたのような性格の女性は苦手だろうと思っていたんですが」

「どこをどう見たら仲良く映るんですか！」

「映りませんけど、まあ、なんとなく」

「……どうでもいいけど、いやがらせもいい加減にしてほしいわよ、まったく」

吐き捨てるようにぶつぶつと文句を言うエルフェ

ールを、ユウは微笑を浮かべたまま見つめている。性格は温厚だとわかってはいるが、その刃《やいば》のような目は少々怖い。自分も性格とは逆に外見は大人しげに見えるそうなので、人のことはどうこう言えないとは思うのだが……。

「まあ、研究をはじめる準備というものがありますからね。何をテーマにするにしても、どのような方針で進めるか、どのような装置が必要で、何があればどういうことができるか、人員はどれぐらい必要か……色々、考えなければいけないことがあるんです。うちはよそと違って新設ですから。準備の段階でいい加減に研究をはじめさせるわけにはいかない。ああ見えて、ネルも急いでいるのですよ」

「……でも！」

「あと、弁護するなら……ネルはあなたの適性を見てるんですよ。研究の準備を進めながら、ね」

「……わたしの適性？」

「ええ。どんな仕事でも創意工夫するタイプなら、問題が多くて行き詰まっている分野が合う、とか。我慢強いようだったら、単純作業の繰り返しをふくむ研究テーマでもだいじょうぶだな、とか、まあ、いろいろですね」

「そんなの、信じられないわ！」

エルフェールは苛立《いらだ》ちを抑えることができなかった。早く、一日でも早く仕事をはじめたいのだ。待っているのは性に合わない。というより、待っていればそのうち研究をはじめられるのかどうかもわからない。このままずっと雑用ばかりやらされるのかもしれない。

苛立ちとともに何度か机を拳で殴った後、エルフェールはそのまま居室を飛び出した。

怒りに任せて廊下を走り回る。それでも我慢ならず、時折窓から顔を出して奇声を上げたりしていた。

走っては奇声を上げ、奇声を上げては走り。まさに奇行だったが、そうでもしないと収まらないのだから仕方がない。

そして、曲がり角で正面から人と衝突することになった。相手の男は驚いた様子で立ち止まり、エルフェールの身体を抱きとめた。

「……どうかされたのですかな、お嬢さん」

ネルと同時期に研究室を持ったデューン・ディールだった。どうやら彼は、エルフェールのことを憶えていないらしい。以前会った時は王女の姿をしていたから、仕方のないところだろう。都合のいいことでもあった。王女だと気づかれて利用されたらたまらない、とエルフェールは思う。

「私でよろしければ、相談にのりますよ」

叡理国《エーレ》紳士らしい落ち着いた態度で、ディールはレディを扱った。まさしく、紳士の中の紳士。そうした雰囲気が彼にはある。人をうんざりさせない態度や作法を身に着けている。実際、ディールの研究室にはたくさんの助手や研究員が集まっている。ネルのところには、まだユウとエルフェールの二人しかいないというのに。

この人だったら信頼できるのかもしれない、とエルフェールは思った。

先生なんかよりも！

などと、エルフェールは内心で罵った。

「うちの研究室、ひどいんです！」

「……ほう」

深い同情を表す仕草で、ディールはゆっくりと頷《うなず》いた。相手の心情を思っている紳士の態度だった。エルフェールは、何か救われたような気がした。

そしてディールの前で、エルフェールは不満をすべてぶちまけた。

せっかく研究室に配属してもらったのに、雑用しかさせてもらえていないこと。

指導教官であるネルのだらしなさ。

まだ研究室として何の活動もはじまっていないこと……。

「……なるほど」

ディールは深く頷いて、エルフェールの肩に手を置いた。誠実さを感じさせる身のこなし。女性の扱いに慣れた紳士の所作。ただ、妙に温度のない手のひらだった。

「私ならば、協力できるかもしれません」

「え……」

「後で私の執務室においでなさい。研究室の移籍など、いろいろ口をきいてさしあげてもいい」

「え、あ……はい……ありがとうございます」

「なに、気にすることはありません。我々としても、女性が来てくれるのはありがたいことですから」

その言葉に、エルフェールは何か違和感を持った。ただ、感覚の正体はわからなかった。親切はありがたい。でも、何か違う感じがする……。

戸惑ったまま、ネルの執務室へと戻った。相談しようと思ったわけではないが、とにかく戻った。

扉を開いて中に入ると――

いつの間にやら、部屋はカオスの状態になっていた。来客用のソファ近くに、論文や本が山のように積まれている。天井に届くかのような勢いだ。いったいどこからこんな量の紙を集めてきたのか、不思議にさえ思える。

こんな短い間に、どうして！

散らかしてばかり！

そして結局、全部わたしが片づけることになるんだ！

「あ、いいところに来たな、エル。それを……」

切れた。

「お断りですっ！」

エルフェールは怒りにまかせてネルを睨《にら》みつけた。髪が逆立つ思いだった。

「こんなところ、出て行ってやる！」

駆け出して、ディールの執務室に向かった。移籍でもなんでもやってやる。そんな気持ちだった。わたしは、研究がしたいんだから！　雑用をやるために苦労してきたわけじゃない！

途中、ディール研究室の居室の前を通りかかった。

学生や研究員らが談笑している声が洩れている。

良い雰囲気の居室なのだろう。この中に入れるなら、とエルフェールは少し希望を持った。

「…………らしいぞ」

「ははは、そりゃ宣伝に決まってるだろ」

何かを軽蔑した言葉の後に、部屋中の大爆笑が続いた。扉の前を通ったエルフェールの耳も痛くなるような馬鹿笑いだった。

特に気にせず、エルフェールは廊下を進んだ。

ただ、歩いているうちに、何かが直感に引っかかった。何か、違う。気になる。間違った選択をしている感じがする。

宣伝、という一言。

ディールは、

「女性が来るのはありがたい」

と、言った。

論理的に考えてみることにした。

ありがたい、ということは、つまりディール研究室にとってメリットがあるという意味だ。研究員がすでに余るほどいるディール研究室に、女性が入る。それによって生じるメリットは何であるのか。

女性も差別せず受け容れるリベラルで先進的な研究室、という『評判』――

それが一番大きな価値なのではないか。ディール研には、もう十分すぎるほどの人手があるのだ。人手が増えてありがたい、などということは、まずない。

ディールは自分を、まず女性として扱った。レディに対する態度が、まさしくそれだった。でもそれは、研究者候補に対する態度ではなかった。明らかに……。

だとすると……。

――もしかして……あれは、わたしのこと？

軽蔑するようなディール研究室の人たちの言葉と爆笑。その軽蔑の対象は、自分だったのではないだろうか。宣伝に決まっている、という馬鹿笑い。自分が笑われていたのではないだろうか。そう考えると、論理が接続されてきた気がした。

一つ、思い出した。

以前、居室でユウが話していたことだ。一向に研究員が集まらないことについて、彼は苦笑しながら言った。

「ネルは研究のことしか頭にないのが困りものですよ……まったく。あなたという女性を雇ったんだから、いろいろ研究室の評判を上げる手もあるでしょうに。たぶん、あなたを女性だと思ってないんでしょうね。あるいは、思わないようにしてるのか」

その時は腹が立ったが、いまはそれが判断の材料になった。

女性として扱おうとしなかったネル。

あくまで女性として扱おうとするディール。

――だめだ！

エルフェールは、心に確信を持った。

――いま行ったら、利用されるだけだわ！

あんなにたくさん研究員がいるところに、わたしのような素人の女が入ったところで、いったい何をさせてもらえる？　彼らにとって、わたしという人間に何の必要性がある？　やっぱり、話が何もかもおかしい！　できすぎてる！

ディールの執務室の前に着いた。

中で、助手と談笑するディールの声が聞こえた。悪いことだとは思ったが、エルフェールは扉に寄って聞き耳を立ててしまった。

しばらくは、関係のない話が続いた。

が――

「……東洋人のところからも、引き抜いておくつもりだ」

「……なるほど、あそこは技官が一人いるだけですしな。引き抜けば、あそこも先はなくなりますな」

「……ああ、任命式では、親王殿下の前で彼にメンツを潰されたしな。異国人の成り上がりには、思い知らせてやらねばならん」

「……宣伝効果も大きいですし、いいご判断です」

含むような笑い声が、会話の後に続いた。いやらしい大人の笑いだった。むかつきで胃が、きゅっと縮んだ。

ノックもせず、エルフェールはいきなり執務室の扉を開いた。

息を大きく吸い込む。

そして、全身を振るわせて声を張りだした。

「先ほどは相談に乗ってくださってありがとうございました！　でも、もう解決しましたので！」

ばたんっ、と大きく音をたてて、扉を後ろ手に閉めた。ぜえぜえと息をつく。だが、休んでいる場合ではなかった。急いで戻らなければ。心変わりの忙しいやつだ、などとうっとうしがられはするだろう。なんにせよ、謝らないと……。

エルフェールは今日何度目かの全力疾走で、ネルの部屋に戻った。


中に入ると、ネルはソファからだらしなく足を投げ出していた。片手に論文の一枚を持っている。いつもの姿だ。荒い息をなんとか整えようとしていると、彼は苦笑とともにエルフェールに告げた。

「……まったく、忙しいやつだな。あと、勘がいいな」

前と変わらない態度だった。そして、すべて了解している反応だった。少し、涙が出た。

「まあ、いい。さっきも言おうとしたけど、とりあえずそこに積んである論文を……」

「わかりました、片づけます……」

「いや、そうじゃなくて」

ネルの口もとには少しばかりの笑みがあった。悪ふざけをしているような子どもっぽい表情。驚かせようとしている人間の顔だ。

「これ、全部読んどくように」

「え……どういうことですか」

「花火に関する資料を集められるだけ集めておいた。

花火、やりたいんだろ？」

　確かに、やりたいと思っていたのは花火の研究だった。でも、それを口にしたことはなかった。新人の技官の身でわがままを言うわけにはいかないと思っていたからだ。真空技術の応用には、他にもいろいろ分野があるのだから。

「どうして、花火がやりたいってわかったんですか……」

「片づけたりするときに、花火技術のやつだけはしっかり盗み見たりしてただろ」

　感づかれていたとは思いもしなかった。こやつ、できる、などと心で韜晦《とうかい》しながら、エルフェールは山と積まれた論文や本を見上げた。

　すべて、花火技術とその周辺に関する資料だった。

　涙があふれてしまった。

　同時に、この紙の山を見てネルを罵《ののし》った自分を思い出した。自分のために集めてくれた資料なのに、自分はそれを見て怒って飛び出してしまった。なんてこと！

「ごめんなさい！」

　エルフェールはネルの前に身を投げだすようにして床に手と膝をついた。例によって、土下座の姿勢だった。

「わたし、一瞬だけ浮気をしてしまいました！　不貞だと罵られても仕方がありません！　わたしは、いやらしい女です！　はしたない女ですっ！　許してください！」

　そして何度も頭を床に打ちつける。やはり例によって額が割れ、血が床ににじんだ。エルフェールにとってはいつものことなのだが。

「おまえな……気持ち悪いからやめろよ。いい加減慣れてきたけども……」

「やめません！」

　せっかく自分なんかのために資料を用意してくれたのに、とエルフェールはいきり立って謝り続けた。怒っているかのような謝りっぷりだ。ネルは苦笑していた。

「まあ、とりあえずだな……」

ネルは困ったように言った。

「気が済んだら、この山は全部、居室に持ち出しておくように」

「はい！　ありがとうございます！」

ものすごい量の資料を前にして、エルフェールの心は弾《はず》んだ。高山の麓《ふもと》に立った登山家の気持ちが理解できたような気がした。

「大切に使わせていただきますから！」

「ただ……おまえにあげるわけじゃないぞ」

ネルはごく当たり前のことのような口ぶりで続けた。

「とりあえず、それ三日で全部覚えてくるように。おれも使うからな。あと、読むだけじゃダメだ。暗《あん》誦《しょう》できるぐらいで頼む。おれは覚えるのが面倒だから」

「え！」

感激と興奮に浸《ひた》っていたエルフェールだったが、さすがに高揚感が少し冷え込んだ。これだけの量の資料、読んで理解するだけでも三日ではきついだろう。まして暗誦など、人間業ではない。

「そんなの……いくらなんでも」

「なんでだ？」

「なんでも何も、わたしだって人間ですもの」

「……じゃあ、しょうがないな」

ネルは特に反論するでもなく肩をすくめた。なんだか妙に嫌味っぽい仕草だ。

わかった、とエルフェールはふいに感じた。

この人は、わたしをあえて怒らせようとしている。だいたい、この人はもともと演技が下手だ。わたしでも、一目でわかる。

怒らせようとする『理由』もはっきりとわかった。わたしが反発や怒りを原動力にして頑張るタイプの人間だから、だ。あえて怒らせて、いきりたたせて、わたしの反発心を煽《あお》っている。そのほうが能力を発揮できるとわかってやっているのだ。実際自分でもその通りだと思えるのが腹立たしい。

生まれ持った負けん気が胸の中でむくむくと湧《わ》き起こった。

そっちがその気なら、乗ってやろうじゃないの！

後ろ向きに反発する気は毛頭なかった。その手には乗らない、などといじけていても、しょうがない。

「やればいいんでしょ、やれば！」

なんのために部屋に来たのかもすっかり忘れ去り、敵意も鮮やかな指先をエルフェールは相手に突きつけた。つまるところ、いつものペースに戻った、ということだ。

「ほんとに全部暗記して、吠え面かかせてやりますから。過労で死んだら、訴えてやる！」

「……死んだら訴えられないぞ」

「そんなの、わかってますっっ！」

逆上のまなざしのまま、エルフェールは続けた。

「ちゃんと遺書に『ネル先生にいじめられたから自殺します』って書いておきますもの！　……王女たるわたしを侮辱したその罪、とくと覚えておくがいいわ！」

最後は姫君っぽい叫びで捨て台詞《せりふ》を突きつけ、エルフェールは腕いっぱいに資料を抱えて部屋を出たのだった。


騒々しい王女が去っていった部屋に、ユウが入ってきた。午後五時。いつもこの時間に彼はネルの部屋を訪れる。観葉植物の世話のためである。

「どうですか、あの娘は」

窓際の植木鉢に水をやりながら、ユウは雑談まじりに訊いた。

「……面白い、な」

「あなたが人のことをそんなふうに言うところ、はじめて見ましたよ」

ユウは笑って続ける。

「とはいえ、あんまり感情的で短絡的で暴力的なのは、ちょっとなんとかしないと。ああもすぐにあちらこちらへ感情が動くのでは、先が思いやられます」

「いや……まあ、あれはあれでいい」

ネルは笑って答えた。

「怒りっぽいが、意外に我慢強い。おっちょこちょいだが、結構よく考えて行動している。そういう両面性は、研究者としては良い気性だと思うよ。心の動きが忙しすぎるとは思うけどな」

「すぎる、ぐらいのレベルじゃ片付かないような気もしますけど。今日一日だけで、何回怒って何回泣いたことやら」

「……まあね」

床の赤い汚れをぼんやりとした顔で見つめたまま、ネルはどこかやさしいまなざしで頷いた。

6

「……初期の花火は、エネルギー（水気）を貯蓄した水を球形の殻に閉じこめて、空中で炸裂《さくれつ》させるという、ごく単純なものであった。それが先人たちのさまざまな工夫によって、いまに見られるような多種多様の変わり咲き花火にまで発展したわけだが、現代に至っても、まださまざまな課題が残されている。

以下に、花火技術の現状における主な課題を記す。

1．巨大化

より大きい花火を実現するためには、より強いエネルギーを殻内に封じ込めることが必要となる。それを達成するもっとも簡便な方法は、球殻自体を巨大化し、より多くのエネルギー貯蓄水を内蔵することである。しかしながら、球の体積は直径の三乗に比例するため、たとえば直径を現状の倍にするためには、八倍の体積・質量を持った球を打ち上げなければならない。現在、球殻直径一米《メートル》を超えるような巨大花火も開発されているが、殻加工技術や打ち上げ技術の限界は近いものと思われる。

そのため現在ではもっぱら、単位体積あたりのエネルギー蓄積量を増加させる研究が主になっている。水が貯蓄することのできるエネルギーは水の純度の二乗に比例するため、不純物を排除して理想的な純水に近づけることが、巨大な花火の実現に繋《つな》がる。

2. 青色ならびに紫色

可視光の周波数は、紫がもっとも高く、以下青、緑、黄と続いて、赤が最も低い。現在では、緑色光までが実現に至っているが、それよりも周波数が高い青や紫の光は実験室レベルでもいまだ達成された報告がない。

一般に、『質の良い』エネルギーほど、光に置換したときに、より高い周波数となる。この『質の良さ』は、主にエネルギーを取り出す真空の度合いに依存する。つまり、真空度が高い（気圧が低い）ほど、より質の良いエネルギーを取り出すことができるわけだが、必要となる真空度の高さは、質の良さに対して指数関数的に上昇するため、現代の真空技術では緑色以上の光を得ることは非常に難しいのである。

また、貯蓄する水の不純物によってもエネルギーは大きく劣化するため、ここでも水の純度は重要な課題となる。

総合的に見て、今後十年のうちに紫色の光が達成される可能性はきわめて低いものと思われる。

3. 空間配置の工夫

全体の球殻内に、より小さい球殻（副殻）を様々に固定して配置することにより、いくつもの小さな花弁を散らすような効果が得られる。また、水に不純物を故意に添加することによってまだら模様の花火を作ったり、殻の厚みを不均一にして全体を変形するなど、さまざまな創意工夫が試されている。「変わり咲き」の醍醐味を演出する部分でもあり、技術力というよりは作製者のセンスが問われる分野である。

4．時系列の制御

炸薬の配置や副殻の厚みを調節して、爆発の順序を制御する。これによって連鎖や乱れ咲きといった効果を演出することができる。こちらも空間配置と同様、作製者のセンスに大きく依存する課題であると言えよう……」

「センス、かあ……わたしにもあるのかなあ……先生やユウさんと話してると、正直不安になってくるのよね」

この三日間、資料についてわからない部分などを何度も質問しているうちに、だんだんと二人のおそろしさが理解できてきた。何を聞いてもスルスルと答えが返ってくるし、自分の見解もしっかりと持っている。技術院というところには、他にもこんなバケモノがうじゃうじゃしているのかしら、とエルフェールはやや自信喪失気味だった。

「ふう。あー、しんど」

二階に新しく設置された女性用のトイレで顔を洗って、エルフェールは深く息をついた。

結局あれから三日完徹、アパートには一度も戻らなかった。王女が三日も外泊するというのも、我ながらいかがなものか。そんなことを思ったりもする。まあ、いまはエル・リッジウェアという中流階級の娘なのだから、あまり気にはするまい。

「それにしても、きついわー。吐きそう」

鏡に映った自分の顔を見ただけでも、かなりげんなりとなる。あまり化粧などする質ではないが、死人のようなクマを堂々と目の下に広げている姿には、さすがに乙女としての恥じらいを刺激されようというものだった。

手渡された資料は、なんとかすべて暗記できた。

というのも、資料の約半分は、数式メインの論文だったからだ。真空技術やエネルギー貯蓄技術に関する数式。エネルギーの空間的な記述には、かなりやっかいな面積分やテンソルなどが乱れ飛んでいたものの、そんなものは数学で博士号を取ったエルフエールには楽勝だ。最初の概念さえ理解しておけば、あとは自動的にすらすらと出てくる。

苦労したのは残り半分。花火の実際的な作製技術と、それを支える理論に関しての部分だった。まだ装置を触ったことも実験をしたこともないエルフェールには、どうにもイメージが湧きづらかった。イメージが頭の中で固定していないと、ごく簡単な数式でも、なかなか記憶することができない。また、聞いたことのない語句も多く、それらを調べるだけでも一苦労だった。もう、ほとんど強引な丸暗記。頭を振ったら、耳からだらだらと記憶が漏《も》れてきそうだ。

それにしても、三日で覚えられるちょうど限界ぎりぎりの分量をネルはあえて渡したんではないか、と思うと、なんだかいかにも腹立たしい。

そのとき、ふいに扉のほうに人の気配を感じた。

「エルフェール殿下、よね」

若い女の声だった。

唐突な呼びかけに、エルフェールはぎくりとなって振り返った。別に王女とばれたら終わりというほどのことでもなかったが、何かとやりにくくなるのは確かだった。

「どうして、知っているの」

「やっぱり、そうなのね」

女は無表情な顔で王女の前に進んだ。美人だが、どこか翳《かげ》りのある暗い目をしている。いつも何かを憂い哀しんでいるような目だ。

「着任の挨拶に行った時、学長の机に走り書きが置いてあるのを見たの。『エルフェール親王殿下～エル・リッジウェア』って」

エルフェールは彼女に見覚えがあった。ディール研究室に新しく入ったグリンゼ・グリムという女性だ。関連の他大学に研究員として在籍していたが、二日前に急遽《きゅうきょ》、助手として招聘されたと聞く。エルフェールの引き抜きに失敗したので、その代わりということかもしれない。実際、ここのところディールは、自らの進歩的かつリベラルな姿勢を内外にアピールしているらしい。技官よりも地位の高い助手として雇ったのは、ネルへの対抗意識のあらわれだろう。

「気にくわないわ」

グリンゼは冷たく言い放った。相手が王女とわかっていてこのような口がきけるところからすると、なかなか気丈な女性であるらしい。直線的な眉も、いかにも内に持った意志の強さを表して見える。

「あなたみたいな人に負けるわけにはいかない」

挑戦的な光を瞳に宿して、グリンゼは続けた。

「わたしは平民の身分で、血の滲《にじ》むような努力をしてきた。父はわたしのために、無理をして命を落としたの。なのに、あなたは王女というだけで……」

なるほど、とエルフェールは納得した。要は、誤解されているのだ。

とはいえ、いま誤解を解こうとは思わなかった。口先でいくら説明しても、理解されるものではない。結果で示すしかないのだ。

それに、ディールの政治的な思惑で採用されたことも、このグリンゼに焦《あせ》りのようなものを与えているのだろう。焦っていて、その不安を忘れさせる外敵を求めている。そういう相手とやり合うのは得策ではない、とエルフェールは思う。

「ごめんね、お互い頑張ろうね」

それだけ言い残して、エルフェールは外に出た。

一瞬だけ振り返ると、グリンゼは言葉を失って立ち尽くしているのが見えた。

「あー、わたしもなかなか我慢強くなってきたわねー。これも修行の成果かな」

以前だったら、蹴りの一つも入れていたかもしれない。でも、そのぐらいで切れていたら、ネルの相手はとてもやってられないと思う。

居室に戻ると、ユウがすでに入っていて、お疲れさま、と声をかけてきた。

「資料のほうはどうですか？　まだわからないところがあれば聞きますよ」

「いえ、大丈夫です。もう全部覚えましたもの」

ほう、とユウは感嘆の声をもらした。

「なら、先生のところに行って来たらどうです？　今日はもう来ておられますよ」

「え、そうなんですか、妙に早いですね」

きっとわたしのために今日は早めに出てくれたんだ、とエルフェールの胸は躍った。


……とんでもない買いかぶりだった。

執務室に入ると、ネルは机に突っ伏して居眠りをしていた。

「先生、資料全部暗記してきました！　ねえ、聞いて！」

ネルの頭を摑んで揺り動かしながら、エルフェールは相手の耳もとに元気な声を叩きつけた。

「ん、ああ」

「行くわよー、負けを認めさせてあげますから」

「あー、別にいいよ」

「な……どうしてですか！」

「どうせおまえのことだから、本気で全部覚えてきたんだろ。バカだな」

眠そうな目でネルは、しれっとして言った。寝過ぎなせいでかえって眠いよ、などと言い出しそうな顔つきだ。

一瞬、殺してやろうか、と思ってしまった。

というより、ふと気づくと、いつの間にか無意識のうちにネルの首に腕を回して、全力で締め上げてしまっていた。

7

はじめての研究会は、エルフェールの研究方針を決定することがテーマとなった。

会議室も借りず、居室で行われた、参加者たった三人の研究会である。

しかし、エルフェールの興奮は最高潮に達していた。自分で練ってきた研究計画を、二人の前で発表するのだ。五年の間ずっと夢想していたことが、とうとう現実になった。この日のために作成してきた資料を二人に配り、黒板の前に立って、エルフェールは緊張で身をがちがちに固めていた。

「じゃ、はじめるか」

資料に目を通しながら、ネルがさりげない口ぶりで告げた。

「は、はひ！」

声が裏返ってしまい、エルフェールは恥ずかしさで顔を赤くした。二人は気づかぬ様子で、黙って資料を読んでいる。渡した資料のどこかに誤りがあったら、と思うと、口や喉の奥がさらにひりひりと乾いた。

ふいにネルが顔を上げて、エルフェールの方に目をやった。

「なんだ、普段は無茶苦茶するくせに、こんなのでチビるんだな」

ばかにしたような物言いに、エルフェールは頭に血が上った。

「チビってなんていません！」

言い返して気づいた。怒りが胸に満ちると、気持ちがすっと楽になった。またネルに乗せられたのがわかったが、エルフェールは素直に感謝することにしておいた。

「では、発表をはじめます」

落ち着きを取り戻して、エルフェールは空想の聴衆に向かっているように居室を見渡し、発言を続けた。

「ご存じのように、本研究の最終的な目標は、来年度に蘇格国《ソケール》で開催される、応用真空技術学会主催の国際花火大会に参加し、優秀な成績をおさめることにあります」

研究テーマは花火。となれば、目標は世界最大の花火品評会に置くのが当然だ。

しかし、先は長い――

花火の球殻づくり。

球核の中に詰める水の純度向上。

水に導入する『水気』エネルギーの質と強度向上。

『水気』を光に効率よく変換する方法。

花火の形のユニークなアイデア。

全部、一から始めないといけないのだ。

「研究期間は本日をふくめて一一ヶ月と六日、その間の研究方針について報告致します。

現在の花火技術における研究は、巨大化や青色光といった学究的・先端的な課題がやや行き詰まりを見せているため、形状の工夫や、多様な変わり咲きを形成する不純物の研究などに意識が流れがちになっているのが現状です。わたしは、昨今のこのような傾向と流行に逆らい、あえて先端的な課題のほうを選択したいと思います。それが技術の真の進歩に繋《つな》がる、と確信するためです。

よって、巨大化と青色・紫色光のいずれかの課題を選択することになりますが、本研究室の装置では、球殻1米《メートル》以上の巨大花火を形成することは困難です。エネルギー発生装置である真空漕の現在の大きさでは、貯蓄水にエネルギーを満たすために二週間以上の装置の連続運転が必要で、これは現実的ではありません。また、1米《メートル》を超える球殻を形成、維持することも、本研究室の作製装置では不可能です」

ネルは資料を見ながら、軽く頷《うなず》いている。手応えを感じて、エルフェールはさらに意気込んだ。

「……したがって、わたしは残る青色・紫色光の実現を研究テーマとして選びたいと思います。現状では実験室レベルでも緑色までしか達成されておらず、行き詰まりを見せている分野ではありますが、ネル先生が開発された水銀拡散ポンプをさらに改良することにより、必ず実現することが可能であると確信しています」

ここでエルフェールはチョークを手にし、黒板に数式をさらさらと書き連ねた。二人の視線が集まる。

「水銀拡散ポンプで達成できる真空度は現在のところ、10^{-6}托《トール》ですが、これをマイナス7乗托《トール》まで向上させることができたとします。その値から周波数を導出すると、$\lambda=2.82\times10^{-7}$という値が得られます。つまり、得られたエネルギーを4度の理想的な純水に貯蓄し、かつ、それがそのまま劣化されることなく光に置換されるとするならば、波長282毫微米《ナノメートル》の紫外線を得ることができる計算になります。紫外線は紫色よりもさらに周波数が高い光ですから、紫色光の達成も現実的になると考えてよいと思われます。最初に緑色光を達成したシェルミンらのグループによって、劣化による波長の広がりは50毫微《ナノ》米《メートル》程度、という報告もされており、その水準で劣化を抑えることができるなら、波長３３２毫微《ナノ》米《メートル》の紫外線さえ得られる可能性があります」

「……なるほど」

　ネルは感心したようにうなった。

「さすがに計算が速いな。資料もよくできている。ただ、二つほど問題点がある」

「なんでしょう？」

　身構えるようにしてエルフェールは訊いた。ユウはもうすべてを了解した様子で腕を組んでいる。

「一つは劣化の度合いを甘く見積もりすぎている。周波数が上がるほど、劣化の度合いは指数関数的に増大する。相関関係を正確に表す数式はまだないけど、まあ、だいたい実験的に確かめられてるな」

「じゃあ、エネルギー取得法や貯蓄技術の最適化も、重要な研究課題になりますね。できるだけ純水から不純物を取り除く工夫とか」

「あるいは、より影響の少ない不純物で置換したり、な」

「あ、なるほど……」

　エルフェールは感心してノートにメモを取った。一つの結果に到達するにも、いろいろな方法やアイデアがある。胸が躍った。

「それと、もう一つの問題はだな……」

　ここでネルは唐突にエルフェールに向かって頭を下げた。

「ごめん、言っておくのをすっかり忘れてた。じつは、国際大会で発表する前に、この技術院での審査があるんだ」

「え……」

「花火をやっている研究室は、うちの他にもあるからな。でも、国際大会に出展できるのは、一組織につき一グループと決まってるんだ、これが。つまり、技術院内での審査会で優勝しないかぎり、国際大会には出られない」

「…………」

「…………」

吹き抜けた沈黙に、とてつもなく嫌な予感を覚えた。

エルフェールはネルに詰め寄る。

「で、その審査会っていうのは、いつ？」

「一ヶ月後」

「ええーっ！」

驚きで一瞬頭の中が真っ白になった。一ヶ月というのは三〇日、三〇日というのは七二〇時間、七二〇時間というのは二五九万二〇〇〇秒……ああ、3・14159265358979323846 2……

「何考えてるんですかっ⁉」

エルフェールは叫びながらネルの服に摑みかかった。

「だいたい、なんでそんな大事なことを忘れられるんですか！　バカじゃないの⁉　と言うか、バカそのものよ！　クルクルパーよ！　一ヶ月も人に雑用させてるあいだに、一度も思い出さなかったんですかっ⁉」

「思い出さなかった」

「…………」

あやうくネルの首を絞めそうになったが、ユウが眉をひそめているのが視界の端に入って、なんとかエルフェールは踏みとどまった。こんなところで切れていてもしょうがない。やるしかないのだ。

「どうする、諦めて他のテーマにするか？」

「でも……」

「いまからなら、いくらでも変更がきくぞ」

「ぐ……」

また怒らされているのかも、とエルフェールは疑ったが、どちらにせよ彼女の答えは一つしかなかった。

「やります！　やればいいんでしょ、やれば！　人殺し！」

その日から、エルフェールは研究室に泊まり込むことにした。

そうしなければ、どう考えても間に合わないからだ。アパートとの往復に約三〇分、そんな時間も惜しい。無駄をのうのうと食らっている場合ではなかった。

はじめの三日は、装置の扱いに習熟することで費やされた。どの装置も機器も、各々の「クセ」があって、すべてを把握するには、ずいぶんと骨が折れたものだった。曰く、このバルブのハンドルはいったん右に動かしてから一気に左に回さないと空気が漏れる。曰く、液体窒素を汲むときに最初から蛇口を全開にすると蒸気で何も見えなくなるので段階的に。曰く、水を入れ替えるときは一度に全部排水せずに三分の一だけ残した方が……云々。すべてのメモを取っただけで、ノートを一冊まるまる費やしてしまったほどだ。

しかし、そういったコツの一つ一つは、エルフェールには新鮮であり感動でもあった。

なかなか言うことを聞かない装置が、時間をかけて世話をした末に動いたときなど、我が子に対するような愛おしさを感じる。まあ、我が子を持ったことはないのだが……。

そんな感動と引き替えに、生活のほうはもう滅茶苦茶だった。

食事をとる時間もなかなか見つからない。睡眠は平均して二時間。

一週間に一度だけアパートに帰り、着替えだけを手にし、ふたたび研究室に戻る。シャワーは二日に一度ぐらい、時間を見つけてざっと髪を洗い流す程度だ。もちろん、化粧をしたり髪を梳《と》かしたりするヒマもない。二階の女性用トイレに行く時間も惜しくて男性用に入り、他研究室の人と鉢合わせして真っ赤になったこともある。

充実感と引き替えの苦行。およそ若い女の生活とは思えない毎日を、エルフェールは持ち前の元気でなんとか突き進んでいった。

そして研究生活一三日目。

この日はエルフェールにとって一生忘れられない日となった。

はじめて自分の手で作った花火が、赤い光を闇の中にこぼしたのだ。

花火実験用の装置は、巨大な鍋をひっくり返したような形をしている。爆発の危険を避《さ》けるためでもあり、また放出されたエネルギーを正確に測定するためである。この逆さ鍋をジャッキで上げ下げして、卵ほどの大きさの試験花火を設置・観察するのだ。発光の観察は、部屋を真っ暗にして、装置側面の窓を覗くことで行う。

一〇日間、エルフェールは重いオナベをジャッキで上げては設置し、下げては観察し、ということをえんえんと繰り返してきた。

だが、その間、一度も花火は光を洩らしてはくれなかったのだ。エネルギーは赤外線の段階に留まり、可視光線の領域まで昇ってきてはくれなかった。

第一歩からのつまずきだった。

考えてみれば、それも当然のことではあった。何年も研究を続けて技術の積み重ねを持っているグループと違って、ここでは何もかもを最初から作り上げないといけない。すべてが試行錯誤と創意工夫の繰り返しなのだ。

それが、ようやく今日はじめて報われた。

ほとんど見えないほど薄暗い赤色光だったが、確かに窓の向こうでそれは泡のように広がったのだ。

「よかった……」

真っ暗闇の部屋の中で、エルフェールは実験装置に抱きついた。目の奥には、まだあのぼんやりとした暗い赤の光が、はっきりと残っている。そのちっぽけで薄汚れた明かり。花火を愛する一般人が見たならば、あるいはあざ笑い、あるいは怒りだし、あるいは批判するかもしれない。

だが、エルフェールには、こころの芯《しん》に灯った何よりも大切なともしびだった。

「ありがとう……ほんとに」

装置を撫《な》でながら、エルフェールはこの生命を持たない無機物のかたまりに、感謝の言葉を繰り返した。三日分の汗で髪が頰に張りついて気持ち悪かったが、側を離れる気にならなかった。

結局この日は、装置の前に椅子を並べて、その上で寝た。

8

――三月二四日午前四時、ようやく赤色光視認。最大光輪明るさ不足でスペクトルは測定できず。最大光輪直径は約50　糎《センチメートル》。やったあ！

眠りこけているエルフェールが胸に抱えていた研究ノート。そこには、喜びと疲労がない交《ま》ぜになっているのがはっきりとわかる乱れた文字が残されていた。

「……おめでとう」

ノートに目を通したネルは、エルフェールを起こさないよう小声でつぶやいた。あたたかい感情が、胸の裡に広がっていた。

――一三日目か、結構早かったな。こういうのは一度ブレイクスルーを起こせば、あとは速い。なんとかなるか。

疲労の中に満足感を漂わせているエルフェールの

寝顔は、とても誇らしげに見えた。汗や埃《ほこり》やオイルなどで汚れ果てているが、王宮で見た姫君の顔よりも、ずっと美しくネルには見える。

——しかし、問題は花火のアイデアだな……。驚異的にうまく進んでも、あと半月じゃ緑色が精一杯だろう。巨大化も不可能、となると、今回はアイデア勝負にならざるをえないか。

しかし、エルフェールのこの状態で、いいアイデアが浮かぶだろうか。精神的に疲労していると、どんなユニークな人間でもすぐれた発想は出てこないものだ。

これなら勝てる、という案は、ネルもいくつか胸の内に持っている。

だが、できるかぎりエルフェール自身にすべてを任せてやりたい、と思う。彼女自身もそう願っているはずだ。懸命になっているところに水を差すようなことはしたくない。いよいよ無理だ、となってきたところで、裏からサポートするような形をとるのがいい。押しつけて、やる気を削《そ》いでしまうのは良くない。

「あ、先生……」

エルフェールが寝ぼけ眼をこすりながら、椅子の上に身を起こした。

「やだ、寝てるところ見てたの……？」

汚れた白衣で顔を拭《ぬぐ》い、エルフェールはどこか慌てた様子で言った。さすがに、乙女の恥じらいというものが、かすかにでも残っているようだ。

「……ごめんなさい、汚くて」

「そっちのほうが似合ってるよ」

「……ほっといてよ」

褒《ほ》めたつもりだったのだが、やや誤解されたらしい。うまくないな、とネルは内心反省した。

「あ、もう八時……？　純水汲《く》んできますね」

一つ大きく伸びをしてからエルフェールは立ち上がった。先にシャワーでもしてきたら、とネルは言おうとしたが、また誤解を受けそうなのでやめておいた。

　ふらふらとした足取りで実験室を出ていくエルフエールを見送り、ネルは執務室に戻った。

　中ではユウが秘書代わりに書類の整理をしていた。実験用具の納品や客との面会のスケジュール調整など、秘書がするべき仕事のほとんどは、このユウが処理しているのだ。三人しかいない研究室であるから、それも仕方がない。秘書を雇うような余裕はないのだった。

「赤が出たみたいだ」

「でしょうね、聞かなくてもわかりましたよ」

「なんでだ」

「えらく嬉しそうな顔をしてるじゃないですか。……ふふ」

「そうかな……」

　鏡を見てみたが、ネルには違いがわからなかった。とはいえ、ユウが言うのならそうなのかもしれない。なんとも言えない。

「……しかし、なんとか間に合いそうですね。このままいけば」

「大きいトラブルがなければ、な」

　トラブルさえなければ。

　研究にトラブルは付きものだが、研究自体に破壊をもたらすような爆弾クラスのものは滅多《めった》にない。そういうことさえなければ、間に合うだろう、とネルは楽観していた。

　だが……。

　いきなり、その極めつきのものが飛び込んできたのだった。

　それは最初、エルフェールの形をして部屋に転がり込んできた。

「先生、たいへん、たいへんなんです！」

　実験の疲労もどこかに飛んでいったらしく、エルフェールはネルに摑みかからんばかりに訴えた。まあ落ち着け、とネルはなだめたが、王女の興奮は収まらなかった。

「純水装置が使えなくなってるの！」

「え……」

純水装置は真空技術を研究する上で不可欠の装置だ。『水気』エネルギーを貯蓄するのに、普通の水ではすぐに不純物によって劣化や損失が生じてしまう。純水でなければエネルギーは貯蓄できないのだ。

つまり、純水を作り出す装置がなければ、何もできないわけである。エルフェールが取り乱すのも無理はなかった。

「学部内の共同装置だったはずなのに、いつの間にかディール研の管理下になってるんです！　で、ディール先生のところに行ったら、よその研究室の人に使わせるわけにはいかないって！」

よその研究室と言っても、共同の純水装置を使っていたのはネルのところだけだ。他はみな自前の純水装置を持っている。しかし、企業や助成財団からの援助がないネルの研究室には、純水装置は高価に過ぎた。そのため、性能の悪い共同の純水装置をだましだまし使用していたのだ。

「……東洋人には使わせない、ということか」

パーティで王女に無視をされたときのディールの表情が、脳裏をよぎった。悪い予感は、やはり当たった。

「……なんとかする」

安心させるようにエルフェールの肩を軽くたたき、ネルは執務室を出た。


「共同の純水装置がディール先生の管理下になっていると聞きましたが」

応用水気学科の学科長を訪れたネルは、単刀直入に訴えた。挨拶をしている時間も、いまのエルフェールには惜しいのだ。

「何か問題があるのかね？」

役人のような顔をした学科長は、いかにも意外そうに尋ねてきた。

「納得できません。これでは死ねと言われているようなものです」

「ディール先生に直接頼んで、利用させてもらえばいいじゃないか」

眼鏡を布で拭いながら、学科長はほとんど事務的に説明を加えた。彼は人の感情に対して鈍感な部分がある。どんなことでも論理とルールで片づけようとするタイプの人だ。学者という名前から人が連想しやすい人間の形をしている。

「ディール先生のところは、研究員がきわめて多い。いまの状態では明らかに過密なのだよ。学科としては、新しい部屋を配分しなければならない。幸い、ちょうど老朽化した共同純水装置が、部屋をまるまる一つ占領している。ならば、これをディール先生の実験室の片隅に移し、部屋を一つ空ければ無駄なスペースがなくなる。問題のある処置だとは思えんが」

「私たちが装置を使えなくなっているということが問題だと言っているんです」

ネルは珍しく、烈《はげ》しい口調になって抗議した。

「実際、うちの研究員が、ディール先生に装置の利用を拒否されているのです。それでも問題はないと？」

「……研究室間の問題は、当事者同士で解決してもらうほかはないねえ。私が関知するところのものではないだろう」

面倒を背負い込むのがいやなのだろう、学科長は横を向いてあからさまに迷惑げな表情を見せた。いかにもだるそうに紅茶のカップを手に取り、ため息をついてみせる。あるいは、ディールの方からすでに手を回されているのかもしれない。

これはいくら訴えても無駄だ、とネルは判断した。エルフェールには時間がない。できるだけ早い手段を取らなければ。学科長のラインに拘泥《こうでい》している場合ではない。

少しでも時間を稼げるよう、ネルは廊下を走り——


そしてディールの執務室のドアを叩いた。

「どうかなさいましたか、ビゼンセツリ先生」

にこりともせずにディールは尋ねた。秀麗《しゅうれい》で、しかも人当たりの良さそうな微笑み。当事者のネルでさえ欺《あざむ》かれてしまいそうだ。

「先生、純水装置を使わせてもらえませんか。うちの研究員も先ほど伺ったそうですが」

ネルは頭を下げて頼み込んだ。謝罪などいくらでもする用意があった。

「ああ、あの娘さんか。やけに薄汚れた」

ディールの唇の端にさげすみの糸が走った。一瞬、自分も想像していなかったほどの怒りが胸の奥を走った。あれだけ苦労を重ねているエルフェールの努力を、薄汚れた、という一言で片付けられるのには我慢がならなかった。

しかし、装置を借りるためには、それも耐えなければならない。

「……汚れているのは、彼女の苦労と研鑽《けんさん》の証《あかし》……です」

「女性に苦労をさせるのは良くありませんね。レディ・ファーストという言葉をご存じですか。衣食住の快楽さえ優先的に与えておけば、女性はそれで満足するものなのですよ。女性とは、つまりそういう生き物なのです」

ふいに扉の外から、がたりという音が聞こえた。どうやら立ち聞きをしていた者がいたらしい。正体はわからない。

「……彼女は、十分以上にやってくれています。こちらのどの研究者と較べても、見劣りするところはないと確信している」

「それは言い過ぎというものでしょう。それとも、真剣に研究に邁進する我々への侮辱ですか」

侮辱だと言う、そのこと自体が侮辱であることに、ディールはおそらく気づいていない。彼の中で、人が住むべき場所の境界に引かれた線は常に明確なのだ。だから東洋人や女が自分の領域に入ってくることを、根本的に好まない。女を助手に雇ったのは、政治的アピールに過ぎないのがよくわかる。

「すべては結果でお見せします……いまは議論をしにきたのではありません」

ネルは話をうち切って、ふたたび頭を下げた。

「装置を使わせてください。あれがないと、研究が続けられないのです」

ディールはゆっくりと立ち上がり、窓の側に立って煙草《たばこ》に火をつけた。吐いた煙が、熱帯産の観葉植物に絡みながら天井へとのぼった。

「ビゼンセツリ先生、人間社会というものがいかにして成り立つようになったのか、あなたはご存じですか」

長い煙を眺めながら、ディールは聴講生を前にしているようにゆっくりと話した。

「動物は、奪うことと与えること、これを同時には行わない。自分にないものを奪う。自分にあるものを与える。この両者が、動物においては独立しているわけです。唯一人間だけが、両者を関連づけて行動することができる。受け取るものと等価のものを相手に支払う。そうして社会というものが生まれる……。ということは、です」

ディールはネルのほうに向き直って言葉をつなげた。

「支払うものもなく、ただ受け取りたいとおっしゃるなら、ビゼンセツリ先生、あなたそれは動物そのものの有り様ですよ」

かすかな笑みが目尻に浮かんだ。自らの言葉に酔っているのだ。ふたたび煙草をくわえたその仕草も、明らかに芝居がかって見えた。

演劇の舞台に立っている彼は、脚本にない動きはしない。ネルには諦めるしかなかった。もし目の前で首を吊《つ》って見せたとしても、舞台に立つ一流の俳優の眉を動かすことはできないのだ。

時間はかかっても、他の方法を考えるしかない。

他研究室に純水をわけてもらうか？　いや、無理だ。どこも自分のところの研究だけで、装置はフル稼働している。とても余所の研究室にわけるような余裕はないだろう……。

ネルは部屋を出た。

「……すみません……」

廊下に出たところで、若い女がネルの前で謝罪した。淵の底に沈んでいるような暗い声だった。

ディーン研究室の助手グリンゼ。

どうやら、中の会話を立ち聞きしていたのは、このグリンゼだったようだ。女は役に立たない、などという上司の言葉を聞いて、さぞかしショックだったのだろう。声ばかりでなく、まなざしも表情も身にまとった雰囲気も、すべてが暗い色に染まっていた。

「しょうがない。それに、あなたが謝ることじゃない」

「そんなことは……」

「道が閉ざされたわけじゃない。まだなんとかなるだろう。……あのエルフェールならなんとかするよ」

「でも……」

どう考えても不可能だ、とグリンゼの暗い目は訴えていた。

「お詫《わ》びというつもりはありませんが……あの、代表審査に出すわたしたちの作品は……」

「言わなくていい」

ネルはグリンゼの言葉を途中で遮《さえぎ》った。

「裏切りはさせられない。お詫びのつもりなら、そうだな……」

人手が足りないからウチに来てくれ、と言いたいところだったが、やはりうまく言えなかった。女を誘う、という行動は、ネルにとって苦手とする分野だった。

「……そうだ、もしここから逆転することができたら、まあ、とりあえず、エルフェールの友達になってやってくれ。ただのバカ王女じゃないってわかるだろう」

すでにネルはエルフェールから、彼女との会話についても聞かされていた。王女という噂が広まっていないことからして、グリンゼという女性の誠実な心根がネルには見えた。真っ先に詫《わ》びてきたのも、美しい心のあらわれだと思うのだった。ネルは彼女を、研究者として信頼した。

「……わかりました」

グリンゼは素直に頷《うなず》いた。

「たった一人でこの研究室を相手に勝てるとは思えませんが、そんなことができる人なんだったら、わたし、彼女を尊敬することにします」

瞳の翳《かげ》りに、希望の色はなかった。期待して裏切られるのを怖れているのだろう。それは、何をやってもなかなかうまくいかない苦しい人生を送ってきた人間の特徴だ。このことが彼女の目になんらかのともしびを与えるきっかけになってくれればいいが、とネルは心のどこかで願った。

これがきっかけとなるためには……。

装置をなんとかしなければならない。何かいい手はないか。できるだけ時間をかけずに解決する方法は。

がっかりして肩を落とすエルフェールの姿が脳裏に浮かび、ネルは重苦しい感情が足を後ろに引くのを感じた。


戻ったネルは、二人に対してどう言葉を切り出せばいいか迷った。

しばらくの間、ただ扉の前で立ち尽くす。すぐ近くで、エルフェールが不安げにネルをひたすら見つめている。詫びる言葉さえ出しづらかった。

「……どうやら、だめだったようですね」

例によってネルの表情を読んだユウが、先に話しかけてきた。

「……ごめん」

エルフェールがへたりとその場にしゃがみこんだ。蓄積された疲れが一気に足に流れ込んだようだった。

「先生、これで終わり、なんですか?」

くちびるが灰色に染《そ》まっている。疲れのためだけとは、到底見えなかった。

「そんなの嫌です」

かすかにエルフェールは首を振った。清新な匂いがネルの感覚に届く。じっと待ってはおられず、かと言って実験を続けるわけにもいかず、数日ぶりにシャワーを浴びてきたらしい。彼女独特の清爽な雰囲気が戻っている。この王女があんなに汚れて汗と油まみれになるまで続けたその過程を、ネルは無駄にするつもりはなかった。

「戻ってくるまでに、少し考えた」

ネルは二人の姿を見渡して言った。

「ないものをねだっていてもしょうがない。なんとかしたければ、自力でなんとかするしかないだろう」

「だって、なんとかするって言っても……」

「エル、いまから図書館に行って炭の作り方を勉強してこい」

「え、炭?」

なんのことなのか理解できない様子で、エルフェールはへたりこんだままネルを訝しげに見上げた。まだ立ち上がる気力は戻ってこないらしい。

「なるほど、活性炭ですか。また、えらいこと考えますね」

さすがにユウが気づくのは早かった。頼もしい助手だ。

「ど、どういうことですか?」

「炭火で肉を焼くわけじゃないぞ」

「そんなことわかってますっ!」

余裕のない様子で、エルフェールは先を急《せ》かせた。

「活性炭を自力でやってみよう。貯水槽の予備があったろう。それに炭を詰めて、蒸留水をじっくり濾《ろ》過《か》する。どれぐらい不純物が取り除けるかは、やってみないとわからないけど……」

「まだそんな手が……」

「とはいえ、そこそこの純水が得られても、その後の実験がうまくいくかどうかはわからないぞ。多孔質膜での細密濾過や、多段の減圧蒸留といったプロセスが使えないんだから、水質はいままでのものと較べようもない」

「いまよりずっとエネルギーの劣化がはげしくなるんですよね……いまでも赤色を出すのがやっとなのに」

エルフェールはのろのろと腰を上げた。必死に気力を奮い起こそうとしているようだ。まだいつもの烈しさは戻っていない。先のことを思うと、力が次から次へと外に流れ出してしまうのだろう。

「先生、いつもみたいにわたしを怒らせてくださ い」

唐突にエルフェールが訴えた。

「怒って周りが見えないようにならないと、こわくて立ち止まってしまうんです。殴ってくれてもいいです」

「……おまえ、後で仕返しするだろ。首を絞めたり……」

「なんでもいいから怒らせてください！」

脅すようにエルフェールはネルに詰め寄った。この娘は、これと決めたらもう何があっても絶対に譲らないのだ。

「怒らせるようなネタもない」

「一つぐらい何かあるでしょう！　拾い食いしたとか、万引きしたとか、わたしの着替えを覗いたとか」

「……ないって……。あ、でもそういえば」

グリンゼのことを思い出し、ネルはそれを多少脚色を加えて話してやることにした。

「さっき、ディール先生のところのグリムさんが、いいこと言っていた。これで勝てたら尊敬してやるとか。いまはただのバカ王女だと思ってるけど、とか」

「そう……」

エルフェールの蒼い瞳に怒りの烈火が灯った。うまくいった、とネルは思ったが、王女の様子は少し妙でもあった。

「……わたしの知らないところで、こっそりあの人に会ってたんですね」

かつての変質者ぶりを思い出したかのように、エルフェールは荒《すさ》んだ声で問い詰めた。

「わたしの知らないところで、他の女性技官に」

ネルは半歩後退《あとずさ》った。

「……心のきれいないい娘じゃないか」

「心の汚い嫌な娘で悪かったですね！」

くるりとネルに背を向け、派手な音を立てて扉を開き、エルフェールは部屋を出ていった。どうやら結果的に怒らせることには成功したようだ。結果良ければすべてよし、とネルは適当に満足しておくことにした。

「どうですかねえ……個人的にはかなり難しいと思うんですが」

ユウが冷静な口ぶりで、活性炭を使う方法を批評した。

「頑張っている彼女には悪いのですが、活性炭の濾過だけで可視光線レベルまで持っていくのは、容易ではありませんよ」

「まあな……なんか他に手を考えておかないといけないな」

「たとえば？」

「これから考えるんだから、いま言うのは無理だ」

ネルは首を振って答えた。考えると言っても、選択肢は限られている。装置を盗み出すといった不法な手段を加えれば、選べる手はうんと増えるが。

「……不正はいけませんよ、不正は」

ユウがもともと怖い顔をさらに怖くしてたしなめ

た。

「いつもいつも、勝手に人の表情を読むなよ」

「あなたが悪巧みしているときの顔は、誰にでもわかりますよ」

「……これから気をつけることにする」

まじめにネルは答える。この先エルフェールにまで表情を読まれるようになったら、大ごとだ。何も悪いことを考えられなくなってしまう。

「私も自分の研究を休んで、彼女の手伝いに回りましょうか？　テレビジョンの研究は、少々先送りにしても特に問題ないでしょうし」

「それはダメだ」

ネルは考える素振りも見せずユウの案を却下した。

「ぎりぎりまではこのままでやらせる。ここで甘え、ここで折れたら、いつでも甘え、いつでも折れるだけの研究者になってしまうおそれがある。それに……エルフェール自身も、最後まで一人でやり通すのを望んでるだろうしな」

「……まあ、そういう気性の娘ですからねえ。手伝いましょうか、と申し出ても、たぶん断るでしょうね」

しょうがない人たちだ、といまにも付け加えそうな口ぶりで、ユウは肩をすくめた。

「ま、なんとかなりますよ」

「……助かる」

多くを説明しなくても理解してくれるこの助手が、ネルはじつに頼もしかった。「なんとかなるでしょう」と彼が言うとなんとかなるような気がしてくるのだ。たとえそれに根拠はなくても、だ。

その後しばらく二人で話し合っていると、図書館に行っていたエルフェールがふたたび部屋に戻ってきた。参考資料のようなものは手にしていない。

と言うことは、もうすべて記憶してきたのだろう。

時計を見ると、彼女がさっき飛び出してから、まだ一時間も経っていなかった。

「めちゃくちゃ早いな。ほんとに覚えてきたのか？」

「ウソついてどうするんですか、こんなときに」

「やけに記憶力が冴《さ》えてるな」

「ええ、先生に無茶な特訓をさせられたおかげさまで」

　皮肉っぽくエルフェールは答えた。どうやら、先ほどの怒りがまだ収まっていないようだ。どことなく態度がよそよそしい。

「じゃあ、作り方は？」

「はい、活性炭を作るには薬品賦活《ふかつ》とガス賦活の二通りがあって……」

「いや、詳しいことは後でいい」

　詳細に説明を述べようとしたエルフェールを、ネルは遮《さえぎ》った。いまは知識を共有するのに時間を割いている場合ではない。使う当人さえわかっていればいいのだ。

「おまえ自身は、どの方法が一番いいと思う」

「たぶん、蒸し焼きにしたヤシ殻か石炭に１０００度ぐらいの水蒸気をあてて多孔質にするのが、一番手っ取り早いと思います」

「わかった、任せる。材料はこちらで準備しておくから、おまえは残った純水を使って実験を続けてろ」

　エルフェールの瞳が、ふいに彼女らしい明るさを取り戻した。任せる、と言われたのが嬉しかったらしい。機嫌が直ったのは、いいことなのか悪いことなのか。

「さ、早く行け」

「オッケイ、ボス！」

　言うが早いか、エルフェールは部屋を駆け出していった。目標を手にして、ようやく奮い立つことができたのだろう。

「だいぶ研究者らしい顔になってきましたね」

　子どもを褒めるような口調で、ユウが静かにつぶやいた。

9

それから三日……。

エルフェールの気力はふたたび底をついた。

ここまでもったただけでも、ほとんど人間業でない。じつに七二時間、エルフェールは不眠不休で働いたのだった。徹夜に慣れてはきていたが、それでもやはり三日の連続作業は堪《こた》えた。ふと気を抜くと、首から上が舟をこいでしまう。

「ああ、単純作業は……もういや」

エルフェールは思わずそうこぼした。

何百回もの、水の蒸留と濾過の繰り返し。

単純な作業の連続ほど、人間の精神にダメージを与えるものはない。

例えば。

暗闇の中に長期間放置されても耐えうる訓練を受けた屈強な兵士でも、紙に丸印を無限に書き続けるような単純作業を強制すると、数十時間で狂気に陥るという。捕虜に対する拷問《ごうもん》として、そのような行為を強制する国家もあるぐらいなのだ。エルフェールがいまやっていることは、その拷問に近い。いや、もはや等しいといっていい。

もうすでに頭がおかしくなってるんじゃないか、ともエルフェールは思う。こんなことを眠らずに繰り返していること自体、世間の常識に照らし合わせてみると、まずもって正気の沙汰ではない。

しかも――

合間に花火の実験があるからまだ救われるか、と言えば、これがまた精神力をひどく削られるのだ。失敗の連続が、やる気と目的意識を奪い去っていく。

単純作業と失敗。人間の精神を崩《くず》すに最適なこの二つの要素、それらに一斉に襲いかかられては、さすがのエルフェールも魂が弱っていく一方だった。

「もう、だめ、かも……かも……」

明かりを灯し、実験中の闇を追い払ってから、エルフェールはふらふらと机の前の椅子に向かった。

一時間もかけて設置した試験花火を、疲れ切ったまま真っ暗闇の中で観察し、その結果は無光……。

この後は、ふたたび純水の作製に戻らなければいけない。

あの単純作業に。

思い出しただけでぞっとなって、心の内側がざらざらとけばだった。

「うがああっ!! ムきーーっ!!」

狂気の一歩手前で、エルフェールは机の天板を揺らした。壁の棚にある薬品の瓶《びん》が、嘲笑《あざわら》っているかのように、かたかたと音を立てる。それに苛立ち、さらに狂ったようになって彼女は机を拳《こぶし》で叩き続けた。

だが、そんなことをしても、心身の疲れがいっそう増すだけで何も解決はしない。

「こらこら、そろそろ少し休めよ。人間の顔してないぞ」

実験室に入ってきたネルが、心配げに声をかけてきた。無責任な気遣いをするな、とエルフェールは無性に腹が立った。

「うっさい! 殺す! 殺す!」

飛びかかってネルの首を絞めたが、やはりなんの解決にもならない。彼の顔が紫色になっただけだ。

「ああ……」

ようやく収まって、エルフェールはネルの喉もとから手を放した。

「ダメなんです……劣化がはげしくて、どうしても可視光線にまで届かない。赤外線しか出ないんです……ああ、もう暗いのはいやいやいや……」

「だから、一度休めって。これ以上続けたら、本当におかしくなるぞ」

「生まれつきおかしいからいいです」

「まあ、それはそうかもしれないけどな……」

否定してよ、といつもなら言い返すところだったが、もはやそんな余裕もなかった。何もかも投げ出して逃げてしまいたくなる。

ふいに、涙がこぼれてきた。

ディールの嫌がらせさえなければ、今ごろは緑色ぐらいは見られていたかもしれないのに。そんな光を実際に観察できていたら、どんなに楽しかっただろう。嬉しかっただろう。

――それが、たった一人の嫌なヤツのせいで……。

喜んでいる自分の姿を想像すればするほど、悔しさが胸を満たしていく。すべてを任せてくれているネルに対しても、本心では申し訳なくて仕方がなかった。

「……エル。行き詰まってるところですごく悪いとは思うんだけど……」

いかにも心苦しげにネルが切り出した。いつものように悪い予感が脳裏をよぎった。

「四日間だけ外出する。何か問題があったらユウに聞いておいてくれ」

聞いた瞬間、頭がくらりとして倒れそうになった。いま、この状況で、本当にわたしを一人にしていくというのか。信じたくなかった。

「そういうわけなんで、まあ、一度休んで気力を取り戻してから、頑張ってくれ」

ネルは逃げるようにして背を向けた。気まずそうな仕草だったが、だからといって斟酌してやるような余裕はエルフェールにはなかった。

「ちょ、ちょっと待ってよ！　こんなときにわたしをほっていくって言うの！」

「おまえなら一人でできるよ」

「……そんな」

エルフェールは情けない声でうめいた。

「ひどい！　なんて無責任な人なの⁉　サディスト！　変態っ！」

知っているすべての下品な語彙《ごい》を、エルフェールはネルの背に突き立てる。しかし、それは気力のない怒りだった。

「いちいち泣いたり笑ったりしていても前には進まないよ。最後までやり通すんだ」

　そう言われてしまうと、返す言葉がなかった。疲れのせいで心が弱っているのだ。わたしらしくない。人に頼りたがっている。頼るものがなくなると、不安で仕方がなくなってしまう。何もかも、精神的に弱っているせいだ。

　もう、だめだ。

　ネルが出ていったあとの扉を睨《にら》み、エルフェールは立ち尽くした。そして長い沈黙の後、そのまま床に崩れ落ちる。

　もうだめ。無理。どうせいくら頑張ったって、うまくなんていくわけないんだから。もう音を上げたい。逃げたい。帰りたい。いまさら、何をどうしたってだめ。だめだめだめだめ……無理……だめ……。

　………。

　…………。

　………それでも。

「それでも、やるしかない!」

　エルフェールは最後の気力を振り絞って叫んだ。自分にはそれしかない。根性と努力しか持っていないのだ。やるしかない……。

　たとえネルが諦めたんだとしても、最後までやり通す。

　自分にはそれしか残っていないのだ、とエルフェールは懸命に立ち上がった。これほどまでに研究という仕事がつらいものだとは思っていなかった。でも、やはりやるしかない。

　ふたたび作業に戻る。

　しかし、炭の山を見ると、ふたたび「でも」が蘇った。

　でも、やっぱりだめ……。

　でも、やるしかない。

　でも、やっぱりだめ……。

　でも、やるしかない。

　二つの間で思考が無限の環に入ってしまい、エルフェールはそこから抜け出すことができなくなっていた。生まれてはじめて感じる不安と恐怖が、足をすくませていた。作業の苦しさが怖い。失敗するのが怖い……。

やらねば、と思えば思うほど、手や足が強張《こわば》って動かなくなる。

こんなことはいままでなかった。ただ無心で研究者になることを目指していたときは、何があっても不安なんて感じたことはなかったのに……。

そのとき、ふいに扉をノックする音が聞こえた。

戻ってきた！

エルフェールは喜びいさんで扉に駆け寄った。

謝ってくれるんだったら、許してやる。

そう言おうと思って扉を開いたが、外に立っていたのは一人の女性だった。エルフェールはがっかりして俯いた。よく考えてみれば、ネルがわざわざ実験室のドアをノックするわけはないのだ。

「あの……」

その女性、ディール研のグリンゼは10立《リットル》ほどの大きさの白い容器を手にして立っていた。いつも何かに苦しんでいるような目は相変わらずだった。

「よければ、これ使って……」

そう言って、グリンゼは容器を差し出した。いかにも重そうな手つき。中に純水が入っていることは明らかだった。

「わたしたちの妨害で困っているようだから……やっぱり、純水装置がないとどうしようもないでしょうし」

何も考えずに、エルフェールはふらふらとその容器を受け取りそうになった。三日飲まず食わずの人がジュースを前にしたら、ちょうどこんな感じになるんだろうな、というような想像がぼんやりと頭に浮かぶ。

でも、とエルフェールはみたび思った。

ここで受け取ったら、負けだ。相手は、右手で妨害しておいて、左手で施《ほどこ》しをくだしているのだ。その前に跪《ひざまず》いて、どうもありがとうごぜえますとすり寄るのは、はたしてわたしらしいだろうか。

わたしは物乞いじゃない!

「……負けるもんか」

エルフェールは子どもの独り言のようにつぶやいた。

「負けるもんか負けるもんか……」

ぶつぶつと繰り返しているうちに、怒りの溶岩がふつふつと心の内に満ちはじめた。バカにしてる。バカにしてる。こいつらはわたしをもてあそんで、なぶり者にして笑っているんだ。そうに違いないいんだ。許せない!

そのままグリンゼには何も答えず、エルフェールは扉を閉ざした。戸惑っているグリンゼの顔が意識の端に残ったが、心に留めるつもりはなかった。

怒りが束の間、不安と怖れを覗く目を閉じさせた。

エルフェールは、ふたたび作業に戻った。


純水の容器を手にしたまま、グリンゼは呆然《ぼうぜん》と佇んでいた。手にある10瓩《キログラム》以上の重みも、まるで気にならない。それほど打ちのめされていたのだ。

好意を断られた怒りというものはまったくなかった。

ただ、羨《うらや》ましかったのだ。

あの憔悴《しょうすい》しきった王女の顔。朝から晩まで働き通し、何度も失敗を繰り返してきた研究者の顔だった。戦いと葛藤《かっとう》の真っ最中にある人間の顔だ。

瞳にあった狂気と疲労の色も、いまのグリンゼには羨望《せんぼう》の的だった。

あんなになるまで、彼女は仕事を任されている。あそこまで追い詰められても放置されているのは、信頼されているからだ。自分で立ち上がれると思ってもらっているのだ。だから、ああいう顔になる。

ビゼンセツリ先生は、あの王女を全面的に信頼している。

羨ましかった。

グリンゼは研究室に配属されてからの自分の仕事を思い起こす。

自分はこれまで何を任されてきたか。

皆無、だった。

毎日定時に居室へ入り、適当に論文や資料を読み、そして定時になったら帰るように言われる。まだ大丈夫です、などと言おうものならあたりに気まずい雰囲気が流れるので、仕方なく部屋を出る。その繰り返しだ。たまに言いつけられることといえば、紅茶をくむことぐらいだった。エルフェールも最初は雑用ばかりさせられていたらしいが、それは新設研究室の準備期間中にビゼンセツリ先生がエルフェールの適性を見るためだったとも聞く。彼女は、ずっと見守られていた。自分を見る人は誰もいない。無視されている。

レディ・ファーストを語るディールの言葉が脳裏に蘇った。

政治的な思惑、彼がいかに進歩的な姿勢で研究グループを指導しているか、というアピールのためだけに、自分は雇われたのだということも。

悔しかったが、自分にはどうしようもない、と思っていた。真面目に耐え続けていれば、いつか認められる。そう信じて、毎日周りの白い眼にもグリンゼは耐えてきた。

でも、いまのままでは、あの王女との差が開いていくばかりだ。

彼女は、ありとあらゆる手段を使って、無理やり自分の力をビゼンセツリ先生に認めさせた、と聞く。自分も待っているばかりではなくて、積極的にやってみよう。

グリンゼはそう決意した。ちょうど手には汲んできた純水がある。とにかく戻ってみよう。自分からディール研の実験室に入ってみよう。研究を見せてもらうきっかけになるかもしれない。

ディール研の真空装置は五階にある。一階から息を切らせながら容器を運び、グリンゼは実験室の扉を開いた。

五人ほどの研究員が、忙しげにして装置に張りついている。その全員の視線が、突然入ってきたグリンゼの身に突き立った。エルフェールも、最初はこのような視線を受けたのだろうか。グリンゼは後退《あとずさ》ったが、負けたくはなかった。

「あの、純水を汲んで来ましたので、よければお使いください」

研究員たちは顔を見合わせた。答えるのも鬱陶《うっとう》しいといった仕草だった。

「あ、そう。そこに置いといて」

机の側にいた男がぞんざいに告げた。確か、修士課程の学生だったはずだ。年下の学生にさえ、自分はこのようにあしらわれる。腹立たしく感じるべきところだったが、場違いのところに紛れ込んだ気後れもあって、恥ずかしさばかりが先に立った。頰の紅潮しているのがはっきりとわかる。

それでも、グリンゼは引き下がるわけにはいかなかった。

「あの……」

「まだ、何か？」

もう学生以外の研究員はグリンゼのほうに視線も送らなかった。

「実験を見学させてもらえませんか？　今日は試験花火の実験もされるんですよね」

「花火は四階」

学生の口調の乱暴さが、さらに増した。役所の高慢な官吏のようだ。

実験装置のある部屋さえも知らない自分が、グリンゼは恥ずかしくてたまらなかった。ここにいる全員が、会話を耳に入れて、わたしのことを小ばかにしているのだろう。

無視をしている裏で嘲笑う。思えば、居室で毎日座っているときから、まわりの人は皆そうだった。

ここで逃げ出したら、これまでと同じだ。

自ら強気を取り戻して、グリンゼは訴えた。

「じゃあ、真空装置のほうを……装置を扱う手順など、教えてもらえませんか」

「あんたが見たってしょうがないでしょ。どうせわかんないんだから」

学生があきれたように答えを返した。声の内にははっきりとした苛立ちがあった。

自分たちのプライドを囲む領域を、土足で荒らしにきた女。

そう見られているのだ。はじめてグリンゼは、じりじりとした怒りと苛立ちを感じた。たかが学生のちっぽけなプライドのために、わたしは排除されている。

「でも……わたしもこの研究室の一員ですし」

研究員たちのあいだから、失笑がもれた。ディールの所作とそっくりだ、とグリンゼは感じた。東洋人と同列に扱われるのを嫌う誇り高い彼と。

「はあ、『わたしも』ねえ……研究室の一員、ですか。はは」

「はい、正式な手順で雇われたのですから」

机の側の学生が派手なため息を押し流した。横を向き、そして小声で呟《つぶや》く。

「迷惑なのがわかんないのかねえ……」

独り言のような声だったが、あえてこちらに聞かせる言葉だったのは明白だ。

もうだめだ。

グリンゼは思わず目を閉じた。ここにいても、もうどうにもならない。鑿《のみ》で削られるように、少しずつ少しずつ彼らのプライドに自分の魂をそぎ取られていくだけだ。そして最後に残るのは、やはり女の肉体だけとなるのに違いない。

その日、彼女はディールに対して辞表を提出した。

10

進展は……なかった。

あるわけはないのだ。この不純物量では、試験花火を実験装置に設置している間にも劣化が進み、エネルギーの質が赤外線レベルにまで下がってしまう。花火の殻に水を注入して、可能な限り早く作業をしてみたが、それでも間に合わない。

それに、手早く設置を済ますことで赤い光が得られたとしても、実際にはなんの意味もない。審査の現場では、注入後すぐに花火を打ち上げるわけではないのだから。作業の速度を上げて赤色光を見ようなどというのは、気休めどころか、ほとんど本末転倒とさえ言えることなのだった。

「八方が、塞《ふさ》がっちゃった……」

呆然としたまま、言葉にメロディをつけて呟《つぶや》いた。もう、やけになっていた。完全に道が閉ざされてしまったのを実感すると、かえって焦りが消えて楽になった。苛々《いらいら》としても、もう仕方がないところまで来てしまったのだ。

「これからどうしよう……他の研究テーマ、やらせてもらえるのかな……クビかな……」

また、涙があふれてきた。すぐに泣いたり笑ったり怒ったりして鬱陶《うっとう》しいやつだ、と自分でもわかっている。が、嬉しいことや悔しいことがあると、エルフェールはどうも感情を制御したり我慢したりできない質なのだった。治さないと良くないな、とは思っている。

いまは、ひたすらに悔しかった。

「どこで間違ったんだろう……」

いろいろ考えてみたが、どうしても原因は外にしか見つからなかった。嫌がらせさえなければ、と怒ることしかできない。冷静に分析できず、人に恨みを向けている自分が、エルフェールはたまらなく嫌でもあった。

「やあ、久しぶり」

唐突に背後から声が聞こえた。椅子を傾けて上を見ていたエルフェールは、あやうく後頭部から床にひっくり返りそうになった。

「先生……」

「調子はどう?」

にやにやと嬉しそうな笑みを浮かべてネルが後ろに立っていた。実際に、久しぶりだった。この四日間、彼は本当に一度も姿を現さなかったのだ。

「ふん、なによ、いまさら……」

言葉を途切れさせて、エルフェールはじろりと彼を一睨《にら》みした。地獄から這《は》い上がってくるような目でだ。

「ちょっと、これを試してみてくれ」

ネルは丸めた絨毯《じゅうたん》のような白い布の塊を横に置いていた。なんのつもりなのか、エルフェールにはネルの意図がさっぱり摑めなかった。

「なんですか、これ……」

「逆浸透法をやってみる」

不純物が多いほうから少ないほうに向かって、水が移動する現象。

それを利用した不純物除去の手法が逆浸透法だ、とネルは言った。

原理はよくわからなかったが、ネルが持ち込んできた白布はそのためのものらしい。

「酢酸《さくさん》セルロースという膜を塗布した布だよ。水分子だけを通すから、穴の開いた細い筒に巻き付けて、そこに浸透圧以上の圧力で水を導入すれば、外に純水がしみ出てくる。得られる量は少ないけどな。でも、純水装置に匹敵するぐらいの水質は得られるはずだ」

「え……え……」

よく見ると、ネルの瞳には疲労の翳《かげ》りが漂っていた。

「これを、作っててくれたんですか……」

聞いたことのない膜だから、このためだけに化学科あたりに行って作製してきてくれたのに違いない。たぶん、向こうの研究室の人に頭を下げて……。

　恥ずかしさで顔が上げられなくなった。

　また、やってしまった。

　論文の山を見て罵ってしまった時と同じ。なんて進歩のない人間！　わたしは！

「ありがとう……わたし」

「礼とかは光が出てからでいい」

「でも、そういうことだったんなら、先に言ってくれたらよかったのに」

　恨みを口にせずにはいられない。ずるい。騙《だま》して怒らせておいて、最後に思い切り喜ばせるなんて絶対にずるい。どんな女たらしでも、こんな卑怯な手は使わない！　ずるい！

「いや、いい膜ができるとはかぎらなかったし……期待してダメだったら、さらにショックが大きいだろ」

「でも、わたし……」

　エルフェールは視線を横に泳がせた。それを見たネルも同じ方向に目を向ける。その先には、一体の人形が転がっていた。

「なんだ、これは？」

「……藁人形《わらにんぎょう》……です」

「………」

　胸には五寸釘が派手に打ち付けてある。顔の部分にネルの似顔絵が貼ってある。誰を呪って作ったものなのかは、一見して明らかだ。

「……いつもいつもどこでこういうことを覚えてくるんだよ。どうりで、この四日間胸が痛むと思った」

　あきれた様子で苦笑しながら、ネルは胸のあたりをさすった。エルフェールはどきりとして恐縮せずにはいられなかった。

「それに、なんでこんなに似顔絵が似てるんだよ」

「描き慣れてるもので……」

「そんなに何度も呪ってんのか。もう勘弁してくれ」

いえ、そうじゃなくて、とエルフェールは説明しようとした。五年前にネルの存在を知ってから、彼の写真を見ては似顔絵を描いたりして、将来に夢を馳《は》せていた。だから慣れていたのだ。が、そんな説明よりも先に、ネルが言葉を継いだ。

「さあ、もうそれはいいから、実験を再開しよう。これでダメだったら、さすがにおしまいだしな」

「……はい！」

エルフェールは勇んで実験の準備に取りかかった。最後の挑戦。かっこいい言葉だ。失敗したら、ということは考えず、成功したときのことだけをエルフェールは想像することにした。

その日の夜。

深夜の二時に若い男女が二人きりで暗闇の中、寄り添うようにして——

考えてみれば、じつに不道徳的だ。背徳的だ。

ふとそのことに気づいて、エルフェールはネルとのあいだを少しばかり開いた。

彼とて男性なのだから、いつ豹変しないともかぎらない。いや、まあ、わたしは別にそれでも……。

いやいやいやいや、何を思ってるんだ、わたしは。

——って、そんなことを考えてる場合じゃない！

ようやく完成した試験花火の観察に、エルフェールはネルを呼んだのだ。

たまたまこの時間までネルが執務室に残っていたからだ。今日中に実験をやることを予想して、待機していてくれたのかもしれないが……。

夜中に誘ったのはちょっとよろしくなかったかな、とエルフェールは反省した。世間的には、暗がりで男性と一夜を過ごしたということになるのだから。もうお嫁にはいけないかも……。

とはいえ、花火の観察には完全な暗闇が必要なので、夜にやるのがベストだ。恥じらっている場合じゃないな、とエルフェールは思い直した。

「さて、そろそろやるか。暗いけど、ハンドルやノズルの位置はわかるか？」

素っ気なくネルは告げた。向こうはこちらを女と意識もしていないように聞こえる。それはそれでなんだか腹立たしい。

「手が覚えてるから大丈夫です。じゃあ、いきます」

苛立ちまぎれの声で応じたが、ボンベと繋《つな》がる管のノズルに触れると、ネルについて考えていたことなどすぐに霧散した。あえて忘れよう忘れようとしていた緊張が、一気に戻ってきたのだ。もう余計なことに気を逸《そ》らせて、目を背《そむ》けることはできない。

身体が強張った。指が思うように動かない。失敗への恐怖で足がすくんだときと、まったく同じ症状だった。

「一度深呼吸したらいい。指がブルブルしてたら、微調整がきかないし」

なんで闇の中でそんなことまでわかるんだろう、と驚きつつも、エルフェールは言われたとおり深く息をついた。隣で見ていてくれる、ということを思い出すと、すっと恐怖が消えていく。失敗したらこの人のせいにすればいいや、などと思わせてくれるような安心感があった。

「そろそろ、いきますね」

ゆっくりとノズルを開いた。試験花火を設置したオナベの気圧が上がっていく。お湯の沸《わ》いたやかんのようなシューッという音を聞きながら、ノズルの開閉を調節する。

二〇日間の疲れは、まだ重く背中にのしかかっている。

これまでの苦しい思いのすべてが、脳裏を次々とよぎっては消えた。ふたたび、不安がよみがえってくる。これでだめだったら、という想像が走るたびに、心臓が氷を浴びたようにびくりと跳ね上がった。

うまくいかなかったらどうしよう。どうしよう。どうしよう……。

思考がまた同じところをぐるぐると回転する。

息が苦しくなってきた。過呼吸で目までが闇の中で回り始める。

「落ち着け。うまくいかなくても、これで終わりってわけじゃないだろ」

背中に手の温かみを感じた。その手のひらは、無秩序な息を魔法のように吸い取っていった。

「……ありがとう、ございます……」

ノズルの操作をする右手を左手で摑んで震えを止めながら、エルフェールは本心から礼を言った。最初に彼に採用されたときでも、これほど感謝を感じたことはなかった。

ややあって、殻に亀裂《きれつ》が走る音が聞こえた。

あわてて、ノズルを閉じる。

同時に、花火の殻が割れ、水のかたちが球の平衡状態から崩れ、エネルギーが均衡を失い、互いにぶつかりあって溢《あふ》れ出し……。

炸裂《さくれつ》した。

それは老いた星のように赤い球をかたちづくり、
やがて円環となって広がり、
最後に粒子となって散っていった。

その間、約一秒——

「うそ……」

くちびるを震わせたまま、エルフェールは繰り返すことしかできなかった。

「うそ……うそ……」

隣でネルが微笑しているのが、暗闇の中でもわかった。見えなくても相手の心がわかるという状態を、エルフェールははじめて実感した。

「でた……赤がでた……でた」

ぽたぽたと涙をこぼしながら、エルフェールはそのまま床にへたりこんだ。手足に力が入らない。

張り詰めていたものが、すべて一気に抜けてしまった。喜びなどはまだ何もなく、ただただほっとしたというのが正直な気持ちだった。

「あ……」

ふっ、と視界が白くなった。

まだ気を失いたくないのに、と思ったが、その思考自体も無意識の下に溶け込んで消えていった。


目を覚ますと、居室のソファベッドの上にいた。

あたりには朝の光が射《さ》し込んで来ている。すでに早朝らしい。三時間ほどは意識を失っていたのか。こんなに長く眠り込んだのは、久しぶりのことだった。

呆然として天井を見上げていると、側で本を読んでいたネルが顔を覗き込んできた。

「おはよう」

「おはよう……ございます……」

「とりあえず、よだれ拭《ふ》いたほうがいいと思うぞ」

「きゃあっ」

エルフェールは慌てて白衣の袖で口もとを拭った。

ふと、前にも同じことがあったのを思い出した。目が覚めたときに隣にネルがいて、慌てて白衣で顔を拭う……。

寝起きのせいで記憶が混乱して、まさか全部夢だったんじゃ、などと心配になった。

「あのっ！　先生、昨日赤色光、出ましたよね⁉　ね⁉」

ほとんど問い詰めるように尋ねるエルフェールに、ネルはいかにも不思議そうな表情を見せた。答えに困っているような雰囲気でもあった。

「えーと、なんのことだっけ。言ってることがよくわからないんだけど」

一瞬、心臓が凍《こお》りついた。頭の中に、銅鑼《どら》を打ったような音が鳴り響く。あやうく、ふたたび気を失いそうになった。

「というのは冗談で、ほら、ちゃんと研究ノートにも……倒れたまま自分で書いたんだから、まったく大したもんだ。ノート、ノートってずっとうわごとを言ってるから、気持ち悪かったぞ」

研究ノートをネルの手からひったくって、エルフェールは急ぎそれに目を通した。

そこには、確かに「赤色光確認」という文字が書き連ねてあった。筆跡はぐだぐだで、ほとんど判読不能の状態だったが……。

エルフェールは怨念《おんねん》をこめてネルを睨んだ。

「タチの悪いウソを言わないでください！　死にそうになったでしょ！」

「失神するから悪いんだろ。おれもここまで運んでくるのたいへんだったんだから。倒れるんだったら、もうちょっと体重を落としてからにしてくれたらよかったのに」

「この……！」

悪気もなさげに答えるネルに、エルフェールは我を忘れて飛びかかった。そしていつものようにその首を絞め、前後に揺さぶる。

しかし、そうしているうちに、ようやく徐々に嬉しさが波のように押し寄せてきた。安堵《あんど》で緩《ゆる》み、放散していた心が、やっと再構成をはじめたといった感じだった。

現実感もなく浮遊していた感情が、はじめて形をともなって身体の裡に定まった。

それらを自分の中で抑えきることができず、思わずエルフェールはネルに抱きついてしまった。

「ありがとう……先生……」

自分のしていることに驚きながらも、エルフェールは感謝の言葉を何度も繰り返した。いままでの苦しみはすべて、その「ありがとう」という言葉だけでくまなく洗い流されていった。

「……怒るのか感動するのか、どっちかにしてくれよ」

困ったような声でネルが言った。女はどうも苦手だ、と言っていたのは、どうやら本当のことらしい。

突然、居室の扉が開いた。はっとしてそちらのほうを見遣ると、ユウが少しばかり眉をひそめて二人を見ていた。

エルフェールは慌ててネルの身体から離れ、赤面して俯いた。

「……おやおや」

あまり驚いているようには聞こえない声だった。

「いや、これは違うんだよ」

どことなく取り乱した様子で、ネルは弁解を重ねた。普段はぼけっとしていてなかなか動じないくせに、これぐらいのことで狼狽する彼が、エルフェールはなんだかおかしかった。

「やれやれ、官憲に見つかったら逮捕されているところですよ」

苦笑を浮かべつつ、ユウは普段と変わらない様子で自分の席についた。逮捕、というのはもちろん冗談だ。東洋人が王女に触れてはならない、という法があるわけではない。ただ、王宮に知られたらいろいろと難しい問題が生じるのは確かだろう。追放、などといった可能性もある。


おどおどとするネルの顔をじっくりと眺めやってから、ユウはかすかに微笑して続けた。

「どうやら、無事発光したようですね。おめでとうございます」

やはり、彼は最初にすべてを見抜いていたのだった。見抜いて、ネルをからかっていたのだ。面白い人たちだ、とエルフェールは思う。

ここに来てよかった。その思いとともに、彼女は心からの感謝を胸にあふれさせた。

11

乾いた夜空に、オレンジ色の輝きが広がった。

技術院のグラウンドでそれを見上げる観衆は、一瞬がっかりとした表情を浮かべる。なんだ、高々オレンジかよ……。オレンジ色の花火なんて、もう見飽きているというのに。

だが、その失望はすぐに驚嘆に取って代わられた。

オレンジの光は、拡散するにしたがって闇の中で濃淡を持ち、そしてぼんやりとした文字の形を取ったのだ。

いくつかの文字で構成されたその『文』は、エネルギーの質と真空度の関係を表す有名な方程式だった。

夜空に浮かび上がった方程式は、ほんのわずかの間で霧散し、かき消えていく。一瞬、しかし、知性を持った奇妙な輝き。それは、見上げる人々の目に焼きついて離れなかった。言葉を紡《つむ》ぐ花火。そんなものが可能なのか。花火は球体だ。濃淡を文字に見せるには、観衆の位置から見える形を緻密に計算して作りあげねばならない。そうした難しい過程が感じられる作品。驚きは感動に変わった。

観衆のあいだから、感嘆の拍手が湧き上がる。

当然の称賛《しょうさん》だった。これまで、文字を描く花火などどこにも存在しなかったのだから。素晴らしい発想と実行力だった。創意工夫の限りを尽くさねば、このような技術など実現できない。皆、その真価をじかに感じ取って、喝采《かっさい》を送ったのだった。

シュテリアン研究室のグループの作品だった。花火技術ではディィール研に続くと目されている研究室だ。

「すごい……」

エルフェールも、純粋に胸を躍らせて拍手を送っていた。

「すごい、すごい！　いったいどうしてあんなことができるのかしら。光の濃淡を文字の形になるように制御するなんて、信じられない！」

相手が審査の競争相手であることもすっかり忘れて、エルフェールは無邪気に飛び跳ねた。これまでにない新しいものを見た感動は、いつも彼女の心を、輝きと熱気でいっぱいに満たすのだった。

「あんなの、ひと月ふた月ぐらいの期間じゃ、絶対できないですよね」

「ああ、シュテリアン先生の指導は上手いよ。もうお歳だが堅実な戦略を部下に指示される。渋い味わいというやつだな。指導力という点では、技術院でもちょっとかなう人はいないいよ」

「そうなんですか……」

まだ空を見上げたまま、エルフェールは夢見心地で答えた。

エルフェールは思った。たぶんシュテリアン教授は、純粋な技術力勝負ではディール研究室に勝つ見込みはないと判断して、早いうちにアイデア勝負に視点を切り替えさせたのだろう。研究グループはシュテリアンの指示にしたがって試行錯誤を繰り返し、空間配置や爆発順序の精妙な調整に成功して、光の濃淡による文字という素晴らしい結果を生みだしたのだ。

目標を早期に設定して、そこに戦力を集中した『戦略的勝利』だった。

「一ヶ月間バタバタしてただけのわたしたちとは大違いですね」

特にネルを揶揄《やゆ》するつもりはなかったが、シュテリアン研の成果を前にすると、エルフェールはもう少しじっくりと研究をしたかったと思わずにはいられない。

「どうしたって経験じゃ負けるんだし。おれはおまえの爆発力を信じてるよ」

「……ひとを危険物みたいに言わないでください」

反論しつつも、あまりにも思い当たるところが多いので、エルフェールはあまり強くは言えなかった。

もう蹴ったり絞めたりするのはやめよう、と心に誓う。

「ビゼンセッツリ先生。うちの作品はいかがでしたか」

退役軍人のような容貌の老人が、ネルに声を掛けてきた。ちょうどいま話題に上っていた当人のシュテリアンだった。堅実、とネルは評したが、見た目からしてまさにそういった感じの人だ。数十年の経験を年輪の間に刻《きざ》みこんだ職人の雰囲気がある。厳しさと優しさが同居しているような奥まった眼も印象的だった。

「素晴らしかったです！」

ネルよりも先に、エルフェールは感激をシュテリアンにぶつけた。失礼かとは思ったが、やはり自分を抑えきることができなかった。

「あんなのができるなんて、信じられません！　ほんとにびっくりしました！」

「ははは、そのみずみずしい驚きは学者の宝だよ、お嬢さん。私などはもうすっかり枯《か》れかかっているからな」

「そんなことないです。あんな素晴らしい作品をお作りになられるんですもの」

「いやいや、発想はすべてうちの者が出したのだよ。私は許可をしただけだ」

徳のある人だな、とエルフェールは感銘を受けた。こういう人の下で働く研究者は幸せだろうな、と思う。

「先生、すみません。この通り、はねっかえりの強い娘なもので」

「ははは、大人しそうな娘さんだと見えたが、おっしゃる通り元気な方のようだ……なんにせよ、男子便所に入ってくるのは控えさせたほうがよろしかろうよ」

「……おまえ、そんなことまでやってたのか」

「い、一度だけですっ！」

人生の汚点を思い出して、エルフェールは赤くなった。

「ふふ……さて、そろそろ失礼しますか。先生のところの作品も期待しておりますよ」

目配せで軽く一礼して、シュテリアンは踵を返そうとした。

そのとき、すぐ側を若い研究者の集団が通りかかった。

修士課程や博士課程の学生らしい。手にしたワインや菓子の類《たぐい》を口に運びながら、周囲に響くような声で話し、騒いでいる。

その中の一人が、親指でエルフェールのほうを指さして言った。

「……あの女技官の作品、ちらっと見たんだけどよ、玉に飾り物つけてるんだぜ」

「ははは、なんだよ、それ」

通りすぎた直後、彼らはエルフェールのほうにちらちらと視線を送りながら、品のない笑いをあたりにまき散らした。

「まあ、しょうがねえよ。女だからな。そういう意味のないものを付けて、カワイーっ、とか言ってるんだろ。使い物にならねえな」

「……だな」

研究者たちはまだ、その責任のない笑いをくつくつと仲間うちに隠し広げている。

「待ちなさい」

シュテリアンが急にまなじりを上げて、彼らに言葉鋭く声を放った。それまでのおだやかな彼からは想像つきかねる厳しさだった。

「あ？」

鬱陶《うっとう》しげな返事だった。その口ぶりで、エルフェールはすぐに思いだした。彼らはディール研の学生だ。以前、ディール研の居室に純水装置を使わせてもらえないか訊きに行ったことがあった。その時、いかにもだるそうに投げつけられた返事の声と、まったく同じだったのだ。

シュテリアンはなおもまなざしの厳しさを崩さぬ

まま、学生たちを叱責した。

「かりにも技術院の教授と講師が揃っているんだ。挨拶ぐらいしていったらどうかね」

「あ、そりゃどうも」

ぞんざいに答えると、うるさい話はごめんだ、とばかりに彼らはさっさと退散していった。おそらくこの後、彼らはシュテリアン教授の陰口をたたき続けるだろう。形や礼儀にこだわって新しい世代を理解しない老人、若者の自由な発想を侵害するうるさい上役、などと……。

エルフェールはシュテリアンに自分の身代わりをさせてしまったような気がして、申し訳なかった。

「すみません、先生……わたしのことで」

「いやいや……しかし、あそこは学生の教育がなっとらんな。若い者は環境で品性が変わる。組織の指導者に似る所以だよ」

シュテリアンは教え諭すような口調になって、エルフェールに向かった。

「誇りを持つのはいいが、蔑みを持つのは下品だ。経験を得るほど、その誤りに陥りやすい。王女殿下も肝に銘じておかれなさい」

「はい……え？」

深く頷《うなず》きながらも、エルフェールは驚きに目を見開いた。王女とばれるのは構わないのだが、それで気を遣われるようになるのはごめんだ。できれば忘れてもらいたいな、とエルフェールは思う。

「……それでは、お嬢さん。陰ながら健闘をお祈りしておるよ」

シュテリアンは自分の孫娘を相手にしているかのようにエルフェールの頭を軽くなでてから、ゆったりと立ち去っていった。ごつごつとした厚い手の感覚に、エルフェールはなんだか懐かしいものを覚えずにはいられなかった。

「かっこいい人ですね……」

うっとりとしてエルフェールはシュテリアン教授の広い背を目で追った。

「おいおい、歳の差を考えろよ。困るぞ」

ネルがどこか焦ったような様子で言った。

「違います！　もう……。それにしても、あの人に較べて、ディール研の人は正反対ですね。ああいう典型的に嫌なヤツって、いままでほんとに実在するとは思ってませんでした。お話の中にだけいるんだろうって。言ってることまで典型的な小物っぽくて、つい笑いそうになっちゃった」

「ま、世の中、わかりやすく嫌な人ってのは意外に多いんだよ。性格や言動のパターンというのは限られてるからな」

「はあ……」

「まあ、この場合、彼らが典型的というんじゃなくて、おまえの性格が異常すぎるのかもしれないけど」

「誰が異常ですかっ！」

異常ではなくて個性的なのだ、とエルフェールはさらに付け加えて主張した。だいたい、ちょっと乱入してちょっと殴ったぐらいで変人扱いされたらたまらない、と思う。そう思うところが異常なのかもしれないけれど。

「……ま、それだけ余裕があるなら大丈夫だよ」

からかうようにネルが笑った。

第二番目の研究室、ディール研の打ち上げが迫っていた。


鐘が鳴らされた。

打ち上げ五分前の合図だ。

休憩時間に建物の中に入っていた観衆も、鐘の音を聞いてグラウンドに戻り、噂に聞くディール研究室の技術力を心待ちにする。エルフェールの耳にも、小声で噂を語る彼らの話が否応なく入ってきた。

……緑色だったら、もう余裕で作れるらしいよ
……もしかしたら青も見られるかもしれない……いや、今回は巨大化でいくそうだ……球殻1米《メートル》超え

かな……いやいや、シュテリアン研よりももっと奇抜なアイデアがあるとか……。

期待は渦を巻いて、打ち上げ現場の周りを取り巻いていた。

これだけの注目が集まっていると重圧も相当なものだろうと思ったが、現場に姿を現していたディールは落ち着き払って研究員たちに指示を送っている。よほど作品に自信があるのだろう。

「打ち上げも、職人に依頼しないで、自分のところでやってるんですね。どうしてなんでしょう」

遠目にディール研の作業を眺めながら、エルフェールはネルの腕を引いて尋ねた。

「そうだな、通常の砲には入らないような巨大な花火なのか、よっぽど精密さが要求される構造をしているのか、あるいは技術を盗まれたくないのか。たぶん、その全部だろうな」

「派手な花火が見られそうですね」

期待半分、不安半分でエルフェールは作業を見つめ続けた。彼らはディールの指示にしたがっててきぱきと動き、手早く準備を整えていく。

最後に、巨大な砲の根本に座っていた男が手を挙げた。

その合図と同時に全員が側を離れ、砲との距離を取った。点火が終了したのだ。

周辺を、不思議な静寂が満たす。導火線が短くなっていく音までが、夜空に響き渡るようだ。

そして導火線の音が消え、完全な沈黙が訪れた瞬間。

轟音《ごうおん》が炸裂した。

炎の尾を連ねて、巨大な球殻が空へと駆け上っていく。

その運動もやがて静止し、永遠を凝縮《ぎょうしゅく》したような時を挟んで――

光がほとばしり出た。

目も眩むような明るい光。

緑色光……技術の最先端を走る波長480～51

0毫微米《ナノメートル》の可視光線。

その緑の光は一瞬にして観衆の視界いっぱいに広がり、上空を満たしていく。球の巨大さに、観客は度肝を抜かれて唖然としていた。

やがて球の膨張が最高潮に達したとき、ふたたび爆発が生じた。緑の球の縁《ふち》で生じたそれは新しく黄色の球を生み……さらに三度目の爆発。

緑の円周部に、小さな黄色の円が惑星のように並ぶ。そして黄色の円周部にはさらに小さな赤の円が衛星のように。

幻想的な彩りが、夜空を覆い尽くす。油絵のような原色の輝きだ。

「きれいー。石版画みたい」

子どものようにはしゃいで、エルフェールは手を叩いた。次が自分の番であることも忘れ、ただひたすら空の光に興奮している。

夜空に印刷された版画は、ややあって溶け合い、薄まり、そして闇に上塗りされるように消えていった。

だが、観客の意識はまだ途絶えたまま、戻ってきてはいない。驚く、というよりは、茫然自失《ぼうぜんじしつ》といった態《てい》だった。ここまでやるか、というあきれのようなものも感じられる。力押し。ただひたすら力押し。そんな感覚を持つ者も多かったのだろう。

「さて、次はウチの番だ。することはないけど、一応見に行くか」

ちょうど、打ち上げ五分前の鐘が鳴った。

シュテリアン研とディール研の間隔よりずいぶん短いが、これはネルがそうしてもらえるよう申請していたためだ。前二者の研究室と較べて注目度が圧倒的に低いため、時間をあけると打ち上げ前に観衆が帰ってしまうおそれがある。それを考慮してネルは打ち上げ間隔を短縮してもらったのだった。

「でも、かえって逆効果だったかもしれませんね。あんな強烈なのが残像として目に残ってると、ちょっと不利かも……」

急速に興奮状態から冷めて、エルフェールは心細く言った。

「こちらの衝撃度のほうが高ければ、なんの問題もないよ」

「でも……」

「大丈夫。自信を持っていい。おまえらしくないぞ」

エルフェールは曖昧に頷いた。ネルにそう言われても、作製した本人はそうそう確信など持てるわけがない。それに、打ち上げに失敗する可能性だってある。

そんな悪い想像が頭に浮かぶたびに、身体に走る緊張が強くなっていくのだった。

打ち上げ現場に二人は駆け足で近づいた。砲の近くで、ユウが職人に混じって準備を進めている。彼は三人のうちでも、職人的な作業に関しては抜群に優れているのだ。

いよいよ、エルフェールが作製した花火を装塡《そうてん》する作業に入った。

直径は約30糎《センチメートル》。

今回出展された作品の中では、おそらく最小だろう。

しかし、その球殻には奇妙な飾りが付いている。ディール研究室の学生に笑われた装飾だ。それは巨大な折り畳み傘のような形をして球殻から突き出ていて、夜空の方向に向けられている。ちょうど天を指す矢印といった形だった。

「こんなもん付けてて大丈夫なんですか」

ハンチング帽姿の職人が、花火の球殻を指さして尋ねた。やはりおまじないじみた飾りと見ているのだろう、声にはあきれているような色が含まれていた。

「ええ、それを上に向けて打ち上げてください」

緊張で口も動かなくなりはじめていたエルフェールに代わって、ネルが頼み込むように職人に言った。

「まあ、それはそれで構わんけどねえ……」

不平じみた答えを返しながら、職人は花火を砲に装塡した。

エルフェールをふくめ、周囲の者は現場から下がり、花火の打ち上げを待つ。観衆にはまだディール研の作品で受けた余韻が残っているらしく、あたりはややざわついていた。

「どうしよう、どうしよう……なんだかみんな、見ていてくれなさそう」

エルフェールは心配でたまらなかった。審査は、技術院の観衆の投票によって順位が決定される。それゆえに、観衆の関心が他に移っていると、圧倒的に不利なのは明白なのだ。

そわそわとしているエルフェールに対して、ネルは無責任に見えるほど落ち着いている。人ごとだと思って、と憎たらしくなるぐらいだ。

ただ、彼の落ち着きは、自分への信頼から出ているものなのだ。エルフェールはほとんど彼の前から逃げ出したいような気持ちに襲われた。

シュッという導火線の音が耳に届いた。

内臓を手で摑まれたような緊張。

息を呑んで、エルフェールは打ち上げ装置を見つめた。

ややあって、重い爆発音が生じ、細い炎の筋が空へと伸びた。

ディール研の作品よりもずっと小規模なその炎は、虚空《こくう》で頂に達し——

その場に浮いた。

「……よし、うまくいったな」

ネルが息をついて、エルフェールの頭を軽くたたいた。

その瞬間、花火は弱い炸裂を生じた。

小さく、よろよろとしたオレンジ色の光が、夜空に広がる。

それに続き、赤やブラウンの光が断続的にはぜた。

観客の間に、異様なざわめきが生じはじめた。侮りの声ではない。皆、一様に驚きの表情で空の一点を凝視している。

ぱ、ぱ、ぱ、と中空に明滅する赤い輝き。

観衆の全員が、視線を一カ所に固定させている。

エルフェールの花火が、その位置からほとんど動かなかったからだ。連続して赤系統の光を放ち続ける球体は、夜空に同化してしまったかのようにゆったりとその場に漂っている。

観衆のざわめきがさらに高くなった。

「……おいおい、いったいどうなってるんだ」

そんな声があちらこちらから上がっている。いかなる仕掛けによってこのような現象が生じているのか、想像もつかない様子だった。

その観衆を上から眺めているように、花火はあくまでゆるやかに光を放ち続ける。

あの巨大な折り畳み傘のような飾り物――

それは、回転翼を畳みこんだものだった。

回転翼の発想は、エルフェール独自のものではない。面接の日、ネルにはじめて見せてもらったあの竹トンボ。それを応用した仕掛けだった。

折り畳まれていた回転翼は、降下する際の空気抵抗によって自動的に開く。そして水気力モーターが花火の内核部からエネルギーを吸い出し、翼を回転させ、揚力を得る。一〇日で加工するのはたいへんだったが、それほど複雑な機構の仕掛けではない。

断続的に光を生む仕掛けについては、構造的にさらに単純だ。殻の厚みをさまざまに変えた小さな球殻を、外核部にいくつも詰め込んだだけなのだ。厚みの違いによって炸裂までの時間差が生じるので、次々と光がはぜるように見える。こちらは、昔からよく使われている技法だ。

アイデアの原点は、ネルの故郷のことを調べていたときに偶然知った『線香花火』だった。暗い光を少しずつ放って、最後に朽ちていくあの控えめな花火。赤系統の光しか実現できない、となった時、エルフェールの頭に浮かんだ発想がそれだった。

光の間隔が、広がりはじめた。

その弱りゆく鼓動は、死に瀕した心臓にも似て、寂しさやわびしさの思いを見る者の心に刻み込む。それはオリジナルの線香花火と同じ独特の翳りを持っていた。まして、力押しの輝きを見せられた直後だったから、なおさら観客に与えた印象は強かった。

一瞬で消えゆく花火が、本来その特性として内包しているはずの哀しみ……それが、この弱々しい花火からは他のどんな作品よりも強く感じられる。

見る者のすべてが、その哀しみに触れて、無言で夜空を見上げていた。

やがて花火は光を失い、闇の中に消えていく。

「……落ちた……」

脱力したような声。観衆の受けた衝撃のすべてを表していた。

「やるじゃねえか、お嬢ちゃん」

花火職人の一人がエルフェールに歩み寄ってきて、照れたような笑みとともに握手を求めてきた。


ふたたび闇に戻った夜空から、グリンゼはまだ目を離すことができずにいた。

ディール研究室に辞表を提出してから約十日。もう技術院の関係者ではなくなっていたのだが、ひそかに彼女は会場のグラウンドにもぐり込んでいたのだ。

そこで見たエルフェールの作品に、グリンゼは圧倒された。もはやどうにもならぬであろう状況にあの王女が陥っていたことを、よく知っていたためだ。

王女の成功を望んでいたのか、それとも失敗するさまを笑いたかったのか。

自分では後者だと思いたがっていた。でも、やはり本当は前者だったような気がする。あの王女がやったことには、自分も歩みうる道が示されているのだ。

まだ、前に進むための方法は残っている。自分がそれを見つけられずにいただけだ、ということがこれではっきりした。

それに……。

この歓声が何よりの証拠！

空に浮かび続けた王女の花火は、男性的な威力はいっさい持たない柔らかい感受性のみで勝負して……。

そして勝った。圧勝した。

結果はまだどうなるかわからない。でも、少なくとも自分の胸の中では勝負は決まっている。花火が本来持っている特性は哀しみであるということを見抜き、それを手の中にある仕掛けの組み合わせだけで最大限引き出した。

凍《こお》りついた感受性では、決して浮かばない発想だった。

ああいう研究がやりたい。

グリンゼははじめてそう強く願った。

いままでは、『しなければならない』という言葉に呪われていた。親孝行もできず、友達も恋人もなくただひたすら追い立てられるように努力を続け……しかし、結果残ったのはいつも義務感と焦燥感ばかりだった。どうあがいても、思うようにならない境遇から抜け出せなかった。

それが続くうちに、自分の瞳は次第に暗く冷たくなっていったのだ、とグリンゼは思う。

どうせだめなんだから、と何にも期待せず、冷ややかに世界を見ておけば、うまくいかなくてもがっかりしなくてすむ。それが、なんとか生き抜いていくための処方だった。

でも、結局何が得られたというのだろう。

そして、あの王女はいま、いったい何を手にしているのか。

いまの境遇の差は、人のせいじゃない。社会のせいでもない。あの王女と自分との行動の違い、そこから生じているのだ。

よし、やろう。

そう思った。やりたいように行動して、成功したら笑い、失敗したら泣けばいいんだ。あの王女の受け売りのようだけれど。

王女の花火が消え去っていった位置を見つめる視線の中に、一つだけ他とは色の異なる輝きを持ったものがあった。冷たく澄んだその瞳は、光の残像よりも、それを覆った闇のほうを睨《にら》んでいるように見える。

『彼』には、花火自体への興味はないのだ。

「忍んで見に来て正解でございましたね」

空を見据《みす》える男に、側の若者が静かに声を掛けた。

「やらねばならぬことが増えたな」

男は鷹揚《おうよう》に答えた。何があっても動ずることのなさそうな、一種独特の器量を感じさせる声だった。

「害しますか」

若者の短い問いに、男は軽く首を振った。

「まだ早い」

男は止めたわけではなかった。早い、という言葉。いまという時に限って、制しただけなのだ。

「目的は一つしかないが、そこに至る道はいくらでもある」

その言葉には、男の性質や思想、その他すべてのものが集約されていた。

翌朝、前日の審査の結果が、学科の掲示板に張り出された。技術院の研究員三二六名の投票による結果である。

参加した作品は、その特徴が三者三様だったため、大方の予想では結果も僅差であろうと考えられていた。技術力ではシュテリアン、腕力ではディール、発想力ではビゼンセツリ、といった分類だろうか。観衆となった研究員たちが各々どこに重点をおくかで結果は決まるだろうし、また、割合はおよそ三等分されるだろう、と当の研究員たちのあいだでさえも推測されていたのだ。

だが、結果は意外な方向に出た。

最下位が他に大きく引き離されての惨敗だったのだ。

敗れたのは、ディール研究室のグループだった。

投票した研究員たちも、意外だったに違いない。

周りはディール研に投票するだろうけれど、自分は他の作品のほうがよかった……。

力押しだけで勝てるというのは、どうも面白くない……。

あれだったら、装置と金さえあれば誰でもできる……。

どうやら皆が皆、そのように感じていたらしい。やりくりに苦労している研究者ほど、金や政治などの力で結果を出すグループに対して反抗心を持つものだ。そうした嫉妬心が、悪い方向に作用したとも言えるのかもしれない。


また、ディール研の成果は、既存の技術から一歩も出ていなかった。確かに緑色は現在の最先端だが、実現しているグループは世界にいくらでもある。それゆえに、『ただの力押し』という印象がさらに強まってしまった。

結果、一位に選ばれたのは——

わずか五票という僅差で。

「おめでとう」

人ごみの中、シュテリアン教授がネルとエルフェールのそばに歩み寄り、二人の肩に両手を軽く置いた。

「久しぶりにいいものを見せてもらったよ。感受性というものも、学者の宝の一つ。きみたちはそういうものをたくさん持っている。羨ましい限りだよ」

「……ありがとうございます」

二人は同時に感謝を口にし、微笑む。

エルフェールは誇らしかった。早く次のことに向かって駆け出したくなるような、ふつふつとした喜びが身体を満たしてくる。いますぐ近くの山のてっぺんまで登って、こだまが聞こえるまで叫びたい気分だった。

「今日は泣かないんだな」

シュテリアンが立ち去ったあと、ネルがからかうように言った。エルフェールは少しばかり頬を膨らませた。何度も喜んでは泣き、悔しがっては泣き、としていたので、今回も泣くとネルは思っていたのに違いない。そうはいかない。

「二度目に赤を見たときに、すっかり涸れちゃいましたもの。もうあんな思いはしたくないです」

そう答えて、エルフェールは横を向いた。言ったことは、ウソだった。こみあげてくるものは確かにあったのだが、さすがにこんな人ごみの中で号泣するのは気恥ずかしいものがある。何より、ネルの思惑通りに泣いてしまうのなんて気に食わない。

そろそろ戻ってじっくり余韻に浸ろうか、と考えた矢先、ディールとその研究室のグループが側に近寄ってきた。

「うまい手を考えましたね」

ディールは友好的な笑顔で言った。

「女が作った作品、という目新しさに負けましたよ。私もあの娘を有効に使っておけばよかった。使い物にならないと言ったのは間違いでした。審査のアピールに使うという手は思い付きませんでした」

エルフェールは思わず噛みつきそうになったが、それをネルがそっと手で制した。

「……あなたのその言葉は、すべてあなた自身を偽《いつわ》るためにしか役立っていませんよ」

少し哀しげな目をネルはディールに向けていた。

怒っている自分とは正反対なようにエルフェールは感じた。相手のディールも、違和感に戸惑っている様子だった。

「あなたがたもわかっているのでしょう。自分たちの作品が観衆の支持を得られなかった理由……緑は見たことがある、巨大な花火も見たことがある。両者を高いレベルで実現したのは凄まじいけれど、新しくはない。わくわくするものがない。観客はそう感じた。あなたがたも観衆の一人だったのだから、それがわかっているはずです」

咄嗟《とっさ》に反論することができない様子で、ディールは口ごもっていた。

「ディール先生、あなたも三つの花火を見て同じものを感じたのでしょう？　私もあなたも、もともと同じ研究者の遺伝子を持っているのだから」

ディールやその周りの研究員たちの反応は、さまざまだった。

考えている者。嘲笑《あざわら》っている者。拗《す》ねている者……それぞれが、それぞれの答えを出すだろう。中にはいままで通り、義務を抱えずにすむ嘲笑、責任を負わずにすむ批判、そういったものを繰り返す者もいるに違いない。

でも、それでも別に構わない、とエルフェールは思った。

嘲笑う者が何かを作りあげることなど、ありえないのだ。わたしは、作り上げる側に確かに立っている。それが誇らしい。

捨て台詞もなく、ディールたちは足早に去っていった。

「先生、わたしたちもそろそろ戻りましょう」

そう言って腕を引いた。ネルはふたたび掲示板をぼんやりと眺めている。同じように、エルフェールももう一度掲示の紙に目を向けた。

一位　ビゼンセツリ研究室　百三十五票

そう書かれている掲示をあらためて見ると、どうも照れのような居心地の悪さを感じる。お世辞を言われているようで、なんだかくすぐったいのだった。

「言うのを忘れてたけど……」

ふとネルが口を開いた。目線はまだ掲示のほうに向けられたままだった。

「……よくやった。おまえはうちの誇りだよ」

「え……」

まったく卑怯《ひきょう》な不意打ちだった。いつもこうなのだ。他のどんな人も……こんなずるいことはしない。ほんとに、ずるい……。

ずっとこらえていたものが一気に目尻からあふれ出し、エルフェールは慌てて人ごみを離れ、トイレに駆けんだ。

12

五月——

新学期が始まる九月に向け、学生が研究室配属の希望を提出する時期である。

全国の王立大学卒業者、ならびにそれに相当する学力を有する者（大学院受験資格検定試験合格者や留学生など）のうち、技術院の入学試験を通過した学生。

今年は、総勢四五名。その四五名が、入学試験での成績順に、希望する研究室に配分されていくのだ。しかしながら、今年のビゼンセツリ研究室には無縁の行事だった。

配属希望学生が皆無だったためだ。

「ゼロですよ、ゼロ！　どういうことよ、まったく！　こんなに住み心地のいいところなのに！」

ひと月ほど前からせっせとビラ配りなどをして宣

伝をしていたエルフェールは、憤然《ふんぜん》としてユウに訴えた。学生向けのガイダンスでも、どれだけ自由でどれだけとことん研究できる環境にあるか、一生懸命力説してきたというのに。だいたい、一国の王女がビラ配りまでして！

「……ガイダンスの席上でからかった学生を、あなたが罵倒したりしなければねえ。ただでさえ若い子はプライドが高くて、女性の下につくのはいやがるのに」

ユウがため息をもらしながら、呟《つぶや》くように言った。

「そんなの差別です！　ああ、それにしても腹が立つわ。女がいるというだけでイロモノのように見るんですもの。学生のくせに」

「まあ、うちはイロモノみたいなものですけどねえ。新しい人を入れても、研究員が四人しかいませんし」

「え、新しい人？」

「ええ、今日から来てもらうことになったそうです」

「そんな話、わたし一度も聞いてません！」

「なにぶん、急な話だったもので……」

ユウの言葉を最後まで聞かず、エルフェールは居室を飛び出してネルの部屋に向かった。

そしてあわただしく扉をノックし、返事も聞かずに中に飛び込む。

「なんだ、相変わらず騒々しいやつだな。まあ、ちょうど良かった」

話を聞くまでもなく、エルフェールはネルの用件の内容がわかった。彼のすぐそばに、あのグリンゼ・グリムが立っていたためだ。

「まあ、そういうわけで、今日からウチで働いてもらうことになった。技官の採用期限は過ぎたので、とりあえずは非常勤の研究員兼秘書といった形で」

エルフェールは絶句。秘書！　ウチの敵だった女を⁉　なんてことなの！

「よろしくお願いします」

グリンゼが軽い微笑をエルフェールに向けた。例によって暗い目をしているが、以前のような憂いや苦しみの翳りは薄まっているように見えた。

「よろしくお願いします、じゃない！」

エルフェールはネルに食ってかかった。

「何を考えてるんですか⁉　敵を雇ってどうするつもりなの⁉　スパイや回し者って言葉を知らないんですか！」

「そりゃおまえ、小説かなんかの読み過ぎだって」

「だいたい、女なんかが研究員なんて無理よ！」

「おまえな、いつもと言ってることが違うぞ」

「ぐ……」

エルフェールは言葉に詰まって口ごもった。しかし、引き下がるわけにはいかない。

だいたい、秘書というのはどういうことなのか。確かにいまは書類の管理まで助手のユウがやっているので、ちょうどいいと言えばいいのだが、秘書ということはこの部屋で働くことになる！　若い男女が一日中一つの部屋で過ごしていたら、何かの拍子で間違いが起こらないとも限らない！　そんなのよくない！

「ダメよ、ダメ！　そんなの、道徳的に許されないわ！　背徳的だわ！」

「……だから、それも変な小説の読み過ぎだって」

「あ、そう。先生がそんな人だとは思いませんでした。権力を利用して女をたらし込むなんて最低です！」

「相変わらず、まったく人の話を聞かないやつだなー」

あきれたようにネルが言う。エルフェールは言葉に詰まった。思えば、彼にはいつもあきれられているような気がする。

「……ネル、そろそろ実験室のほうを見せてもらえませんか」

騒々《そうぞう》しいことには興味なさげに、グリンゼがうながした。

「ちょっと、なんで先生のことファーストネームで呼んでるのよ！」

「だって、同い年ですもの」

　特に表情も変えずに答える。自分にはない大人っぽい落ち着きがエルフェールには憎たらしい。同い年ということは、二十四、五歳。自分よりずっと年上だ。これは研究者としても何にしても手強《てごわ》い好敵手になる、と思った。

　ここは、先輩としての権威を示しておかねばならない。

「わかったわよ、わたしが案内する！」

　エルフェールはグリンゼの手を引いてあわただしく部屋を出た。この数カ月修行を重ねてきた成果を、見せつけてやるつもりだった。


　実験室は、このとき新しい装置の導入による模様替えの最中にあった。

　今回の花火審査で大活躍した予備の貯水槽には一旦お休みをしてもらって、新しい純水装置を導入するのだ。先日の花火審査の結果によって、追加の研究費や助成財団の援助が入ったからだ。いま、ビゼンセツリ研究室は財政的につつましくも潤っているのだった。

「どう？　ディール研とは大違いでしょう。あまりにせせこましくって驚いたんじゃない？　考え直すならいまのうちよ」

「いえ……」

　何を考えているのかよくわからない静かな顔つきで、グリンゼは軽く首を振った。どうやら、無表情なのは生まれつきらしい。

　真空装置のほうに近づきながら、グリンゼは少し哀しげに続けた。

「ディール先生のところでは、ほとんど実験室にも入れてもらえなかったから」

「え……」

エルフェールは驚いてグリンゼの後ろ姿を見つめた。

「じゃ、いったい向こうではなんの仕事をしてたのよ」

「毎日、椅子に座ってたわ」

「……それだけ？」

「……ええ」

その答えだけでエルフェールはすぐに理解した。仕事も与えられず、自分から仕事をしようとすると邪魔者扱いされ、結局一日中机に向かっているだけの毎日。それを瞬時にして彼女は想像し、感情移入してしまった。すぐに人に感情移入して心を動かしてしまうのは、エルフェールの性癖のようなものだ。

グリンゼの言うような生活がどれだけつらいことか。自分は幸せだ、とエルフェールは思うのだった。

無理に聞き出すと、グリンゼはようやくぽつぽつとディール研での生活を話してくれた。他の研究者の白い眼、学生達の嘲笑《ちょうしょう》……。実験装置に近づいただけで年下の学生にどやされたことがある、と聞いたときには、自分がその場にいるもののように腸《はらわた》が煮《に》えくり返った。

「だから、自由に実験室に入れるだけで幸せなのよ」

グリンゼは控えめな微笑を浮かべて言った。

「かわいそう……」

いつものようにぼとぼとと涙をこぼして、エルフェールは号泣した。いきなり、の涙だ。

号泣とはいえ、彼女にとってはまったくの日常茶《さ》飯事《はんじ》ではある。すぐに感激しては笑い、すぐに感動しては泣くのが彼女だ。が、その性格をよく知らないグリンゼは、戸惑って目を白黒とさせていた。

「ひどい……ひどい……」

鼻水まで流しながらエルフェールはグリンゼの両手を摑み、上下にはげしく振った。グリンゼのほうは明らかに苦笑していたが、善良な王女は気にもしないのだった。

「ここなら大丈夫。いくらでも自由に仕事させてもらえるもの。たまに死ぬ寸前になるぐらいまで」

「……別に死ぬまで働きたいわけじゃないけど」

「遠慮しないで」

グリンゼはかなり複雑な表情を見せる。が、興奮しているエルフェールは、やはりそんなことにはまったく構わなかった。

ビゼンセツリ研は、総勢四名の研究室となった。

13

グリンゼを加えてはじめての研究会が、三階の小会議室を借りて開かれた。

ネルは着席した三人を見渡し、あらためてその顔ぶれに満足した。

指導教官、助手、秘書、研究員。『研究施設』としては、必要最小限の単位が美しく整った。まさに、少数精鋭と言える。

ただ、あとは学生さえいれば学院の研究室として完成するのだがなあ、とネルはかすかな無念も感じる。

学生、ああ学生。教育施設としての役割も果たすためには、必要不可欠な存在だ。

しかし、人気というものだけは、自分の力ではどうしようもない。いまは、たった四人の研究会でも満足をするしかないだろう、とネルは思う。

今回の研究会は、主に花火技術研究におけるグリンゼとエルフェールの分担と、今後の研究方針を話し合う会議だった。国際大会の代表となったため、花火技術の研究に二人を注ぎ込むことにネルが決めたのだ。

これまでは水気エネルギーの引き出しと貯蓄から、試験花火の実験・観察、花火の加工に至るまで、すべてエルフェールが一人でこなしていた。しかし、さすがの彼女も、そのような超人的な獅子奮迅ぶりを一年も続けるわけにはいかない。分担することで、ようやく正常な研究状態に入ると言っていいのだ。論文を書くにおいても、おおよそ二つか三つのテーマに分割できるだけの研究内容だ。

すべて一人でやりたがる気性のエルフェールだが、さすがにあの一ヶ月で懲《こ》りたのか、ネルの指示に彼女は素直にしたがった。

「それじゃ、まずは二人の分担を決めるところからはじめるか」

話し合いの口火を切って、ネルは二人に尋ねた。

「というわけで、上流と下流、どっちがどっちをやりたい？」

「上流と下流……ですか？」

グリンゼが訝《いぶか》しげに訊いた。

同じ分野であっても、研究室によって用語に方言というものがある。急に職場が移ると言葉に戸惑うことがあるのだ。

「上流は真空装置の改善から水気エネルギーの引き出し、貯蓄まで。下流は試験花火の作製と実験・観察から花火の加工……まあ適性から言えば、基本的に真面目で堅実なほうが上流担当、変な脳みそで変な発想をするほうが下流担当、という感じかな」

「……なんか、すごくわたしひとりを特定してるような言いように聞こえるんですけど」

「気のせいだよ」

「だといいんですけど」

とげとげしいエルフェールの口ぶりだ。黙ってグリンゼを雇ったときから、やたらとご機嫌ななめな様子だった。

「ネル、では、わたしは上流のほうを担当させてもらいます。あなたの言う通り、下流はエルの方が合ってるわ。おかしな発想では敵わないし、それに、わたしは秘書の仕事もしないといけませんから」

確かに秘書を兼任することを考えれば、上流が合っている。試行錯誤の量は下流の方が多いからだ。下流では、上流の成果に合わせて刻一刻と条件が変わる。

「じゃあ、そういう分担ということで今後はやっていくことにしよう。次は、これからの課題や方針について、口頭で発表してもらえるかな。グリンゼはまだ装置の扱いなどの勉強中だろうから、エルの方だけ」

「わかりました」

エルフェールは立ち上がって黒板の前に立った。

「以前にも発表した通り、本研究の最終目的は青色・紫色光の実現です。そのための重要な一要素である水気エネルギーの引き出しと貯蓄はグリンゼの担当になりましたから、わたしは花火加工の方面における、現在のプロセスの改善について述べたいと思います」

何度か研究会の発表を経験してきたこともあって、さすがにもう緊張症は治ってきているようだった。

「ご存じのように水気エネルギーは光に変換される際、強度においても質においても、外乱によって大きな損失を生じます。このため、形状や炸裂法についてもさまざまな工夫がなされているわけですが、わたしは今回まったく新しい方法を提案したいと思います」

何か嫌な予感がした。エルフェールはよく突拍子もない発想をする。それはいつも楽しみなことでもあったが、身体を預かる身としては心配にもなるのだった。

「今回提案するのは、外殻の二重殻構造です。殻を中空にし、そこに水素や水素化シリコンなどの可燃性ガスを封入するのです。こうすることで、炸裂する瞬間に内側に向かう圧力が生じ、『エネルギーの閉じこめ』が起こるでしょう。それにより、現在よりも効率的な光変換が行われる可能性があります」

発表の後、ネルは珍しく難しい顔になって目を閉じた。

「……それは、だめだ」

どうやってエルフェールを止めるか思案しながらも、ネルははっきりと言い切った。

明らかな落胆の色がエルフェールの瞳に浮かぶ。ネルは心が痛んだが、しかし、やはり止めるところは止めなければならなかった。

「まだ技術的に習熟していないおまえが、そういう職人芸的な方法を使うのは危ない。今回は、だめだ」

「どうして？　手先だって、もうずいぶん器用になりました！　危ないところなんてあるわけありません！」

「……だめだ。他の方法を考えろ」

どうもうまく説得することができなかった。明確な理由がなければ納得しない気質の娘だ。危ない、と言うだけでは絶対に首を縦には振らない。

しかし、その明確な理由というのが難しい。嫌な予感がする、では科学的ではない。おまえを危険なところに近づけたくない、では気恥ずかしい。おまえにはまだ無理、では冷たすぎて傷つけてしまう。

結局、うまい説明を加えることができぬまま、ネルは「だめだ」という言葉を繰り返した。冷静に判断して、エルフェールのいまの習熟度では、可燃性のガスを扱うのは早すぎる。わずかでも危険があれば、無理にでも拒まなければならない。

どうも口のうまくない自分がもどかしかった。

「どうして……？　先生の考えてることがわからない」

エルフェールは悲しげに目を伏せた。わがまま娘だが、無意味にわがままを振りかざす娘ではない。

ネルは決意が揺らいだ。

それを察知したのか、グリンゼが静かな口調で横から声を挟んだ。

「何もネルはこの先ずっとダメって言ってるんじゃないでしょう？　いまはダメ、ということなんだから、もう少しの間だけ我慢なさいな」

諭すようなその話し方は、ネルよりもずっとうまくエルフェールの心を包んだようだった。やはり彼女を秘書として雇ったのは正解だった、とネルは思う。これなら、話がうまくない自分に代わって、交渉や客の応対などをどこででも任せることができる。

「……わかりました」

エルフェールが諦めたように頷《うなず》いた。まだ納得はできずにいるのだろう、そのくちびるはかすかに青ざめている。

しばらくは注意して見ておかないといけないな、とネルは漠然と考えていた。

14

先生は、わたしの力を見くびっている。

エルフェールは悔しくてならなかった。うちの誇りだ、などと言われて喜んでいたけれど、まだ完全には認められていなかったのだ。単に、子どもの頭を撫《な》でるようにおだててくれていただけなのに違いない。

満足できなかった。

まだ、自分は一人前だと認められていない。

わたしにもできる、というところを見せたい。もっと褒められたい。いえ、怒られてもいいから認めさせたい。

エルフェールは行動を開始した。これと決めればすぐにやる。それが自分の信条だ。

まずは、気体のボンベを入手しなければならない。

これは意外に簡単だった。出入りしている業者に直接頼み込み、自費で小さなボンベを一つ購入したのだ。これを棚の後ろに隠しておき、実験をするときにだけこっそり取り出す。

犯罪じみたことはしたくなかったが、目的のためには手段を選んではいられない……人の道に反すること以外なら。

昼のうちに作製しておいた試験花火を、深夜の実験室でエルフェールは作業机の上に並べた。外殻はすでに二重に加工してある。あとは、可燃性ガスをその中空部分に導入するだけだ。

エルフェールはボンベを取り出した。

可燃性ガスの扱いには、少しばかり慣れが必要だ。バルブの向きが通常とは異なっていたりなど、色々注意すべきことがある。慎重にならねばならない。

手始めに用いたのは、水素。

これを選んだ理由は、炸裂時に燃焼して水となるからだ。つまり、エネルギーの損失を招く不純物を生じない。よって、空気に直接触れるよりも、確実に劣化は小さくなる。光変換の効率も大きく改善されるに違いない。

我ながらいいアイデアだと思った。

ボンベから伸びる接続管を試験花火に挿入し、ゆっくりとバルブを開いた。しゅしゅという音を立てながら、水素ガスが花火の殻に注入されていく。

容量は小さいので、注入はほとんど一瞬で終了した。すぐに管を外し、粘土で注入口を封止する。忘れずに、ボンベのバルブに付いた取っ手を右に回して閉める。あまりに逸《はや》っていて、赤っぽい粘土まみれの手を洗いもしなかった。

「ようし。ふふ……やってみましょう」

胸の高鳴りを抑えながら、エルフェールは試験花火を実験装置に設置した。

すでに、比較のために通常の試験花火の実験は終えている。水素封入の花火と同じ条件で作製した試験花火だ。その結果は、波長５７２毫微米《ナノメートル》の黄色光だった。

もし、水素を封入した方の試験花火が黄色以上の結果を出せば、実験は大成功。

うまくいきそうな気がした。こういうときの直感はよく当たる。胸が躍った。

花火を炸裂させるために、オナベの内側に空気を送り込んでいく。

気圧が高まる。

光の違いは微妙な差になるかもしれないので、エルフェールは左手でノズルを調節しながら、右手で窓の前に分光器を構えた。

そして、炸裂——

いつもより高く軽い、ポンッという音。

それと同時に輝いた黄色光は、ほんのわずか緑がかっていた。黄緑、というにはまだまだ緑が不足しているが、それでも一歩前進したことは確かだった。

「やったあ！」

緑の光を得たのははじめての経験だ。やはり、自分の考えは正しかった。水素でエネルギーを包む効果は、確かに現れたのだ。

これでみんなを見返してやることができる、とエルフェールは逸った。

実験を数度繰り返し、データをグラフにプロットする。横軸は封入したガスの量、縦軸は光の波長。結果の点をつなぐように直線を引き、傾きを測る……やった、おおよそ事前の計算に一致してる！

素晴らしい成果だ。この実験だけで、論文が一本書けるかもしれない。

ボンベを片付け、エルフェールは作業机に戻った。実験の結果を研究ノートに書きつけ、あらためてその成果に興奮する。

気がつくと、もう夜が明けていた。

また徹夜になった、と思うと、急に疲れが出てきた。机に突っ伏し、エルフェールは仮眠を取ることにした。「ばかにしてすみません」と平伏してネルが謝るというような、いい夢が見られそうだった。

漠然とした不安を感じた。

どうも何かを忘れているような気がする。

うとうととしていたエルフェールは、ふと目を覚ましてあたりを見回した。いつもと変わらない、狭っくるしい実験室。しかし、どこか違和感がある。

耳を澄ますと部屋の隅のほうから掠《かす》れた音が聞こえた。

水素ボンベがあるあたりだ。すーっという気体が漏れている音だ。

しまった、とエルフェールは思った。

ボンベのバルブを閉め忘れていたらしい。眠気も吹き飛び、エルフェールは慌てて立ち上がった。早くバルブを閉じて、部屋の換気をしないと……。

それと同時に、入り口から部屋に飛び込んできた人影があった。焦った様子で部屋を見回している。

あ、先生だ。

わたし、すごい結果出したんですよ、見てください！

そう自慢しようとした瞬間、視界が赤く燃焼した。

白い眠りは、一瞬の空白だった。

ほんのわずかの失神だったに違いない。しかし、エルフェールは何が起こったのかよくわからなかった。なんで、失神してしまったのか。何も理解できない。

身体の周りには机や棚から落ちてきたものが散らばっている。あたりはなんだか焦げ臭い。視界には靄がかかっていた。

そして、何故か自分の上に、ネルがのしかかってきている。

床の上で、抱き締められているのだ。自分の頭は彼の胸の中にあって、右腕で抱えられた形になっている。左手は、腰にまわされている……。

あれ、わたし――

どうしてこんなところで先生と抱き合っているんだろう。

夢？

なんだかロマンチックな気分になりかけたそのとき、ネルが苦しげに口を開いて、どこか痛いところはないか、と尋ねてきた。

エルフェールが小さく首を振ると、ネルはようやく安心したように目を閉じた。首ががくんと折れ、彼の髪がエルフェールの頬を掠《かす》めた。

「え……え？」

状況が……。

ようやく摑めた。

漏れた水素に引火して、爆発したのだ。

爆発事故――

それよりも、自分をかばって覆い被さってくれたネルの方が、気にかかった。

「先生、大丈夫？」

起きあがって訊こうとしたが、その瞬間エルフェールのくちびるは凍《こお》りついた。

白衣が燃えてる！

燃えにくい素材でできているはずの白衣の腕から背中にかけて煙が上がり、ところどころからすでに皮膚が見えている。有機溶剤に引火したのだ。倒れてきた棚にあった溶剤を背にかぶってしまい、それに火がついたのに違いない。床には、エタノールの瓶が転がっていた。

「やだ……うそ……」

慌ててエルフェールは燃えている部分を素手で抑え、煙を消した。じゅっという音が手のひらから聞こえたが、まったく気にならなかった。

火傷……。背中全面？

昔に聞いた話では確か……体表面の四〇％を超えると、もう助からない……え、助からないって？　どういうこと？　死ぬっていうこと？　先生がいなくなる？　そんなこと……。

思考が完全に固まってしまって、何をすればいいのかまったくわからなくなった。頭の中が霧のような空白に染《そ》まっていて、何も考えられない。心が停止している。まばたきすることもできなかった。

身体全体も完全に凍ってしまっていた。膝の上に乗っているネルの顔を、揺り動かすこともできない。

「なにやってるのよ!」

駆け込んできたグリンゼの叫びが耳に入ったが、エルフェールはやはりそれに答えることもできなかった。

15

朝食をとったあと、一時間ぐらい窓の外をぼんやりと眺めるのが日課だった。

この、病室から。

窓の下は公園の遊歩道になっていて、一般の人も行き来する。その様子を観察して、いろんな人の特徴をノートに書き留める。そして、性格や過去などを想像して、小説の登場人物にまとめ上げる。

それが、少女の唯一の趣味だった。

いまの一番のお気に入りは、毎朝決まって玉子サンドをかじりながら、近くのベンチでぼんやりとしている髪の黒い男の人だ。何も考えていないような顔でいつも眠たそうにしているけれど、時々すごく思慮深そうな目になって顎《あご》に手を当てたりする。すごくギャップがあって、興味を引かれた。

一度、母に尋ねたことがある。

「お母さん、あの人って、どうしてあんな悪魔みたいな色に髪を染《そ》めてるんだと思う?」

死んだ恋人との約束かしら。それとも、悪の組織に殺人兵器として改造されたとか……。いろいろと空想を広げながら、少女は母に訊いてみた。

「アーフィン、あれは東洋人よ」

どこか話題にするのを嫌がっているような母の雰囲気だった。

しかし、少女は母親がどうしてそのような反応をするのかよくわからなかった。東洋人というのは噂には聞いたことがある。異世界からの旅人。知っているのはそれだけだったが、なんだか胸にときめくものがあった。

「そうなんだ……あの人が、東洋人なのね」

異国。外の世界。いまここにいる場所とは違った、未知の世界。

話を聞いてみたい、という思いが、ふいに少女の心をはげしく揺り動かした。

「あんまり見ちゃだめよ。何か変な病気がうつったらどうするの」

「……そんな言い方ってないわ。それに、見ただけで病気がうつるなんて、あるわけないじゃない!」

めずらしく強い口調で反抗した娘に戸惑ったのか、母は困ったように押し黙った。

その日から、アーフィンは毎朝あの東洋人の姿を見つめ続けていた。

たいてい、あの人はここのベンチまで、もう一人の男の人に引きずられるようにして連れてこられる。暗殺者のような怖い顔をした背の高い人だったが、どうもあの人の世話役というか付き人みたいな感じだ。怖い顔の人は、わざわざ朝にあの人を起こしにいって、勤め先まで引っ張っていっているらしい。でも、結局あの人はベンチで一休みに入り、怖い顔の人はいつも先に行ってしまうのだった。

アーフィンはとりあえず、ぼんやりしている人のほうを悪魔さん、怖いほうの人を暗殺者さんと呼んで、二人の関係をいろいろと推理しては空想に浸っていた。

一番の傑作は、殺し屋の二人が心の奥で互いに愛し合っているという設定だ。相手を想う男の友情が、いつの間にか愛に変わる。その愛を確かめ合う二人。それなのに、お互いが属している組織が、やがて敵対しあってしまう。組織の命令によって、二人はお互いを殺し合わないといけない。暗殺者さんは銃を構え、悪魔さんはナイフを投げる。胸にナイフを受けた暗殺者さんが、悪魔さんの腕の中で最後に言う台詞は「お前に会えてよかった」だ。

我ながらいいできだ、とアーフィンは思った。

しかし、そんな毎日に、あるとき転機が訪れた。

彼を起こしに行く人が、一人増えたのだ。

自分とあまり歳も変わらないような、若い女の子だった。その女の子は、ベンチに座ろうとするあの人を叱りとばし、首根っこを摑んで無理矢理連れ去っていってしまう。

あの人たちを見るのを、いつも楽しみにしていたのに……。

アーフィンはなんだか狂おしい気持ちになり、その女の子に対してひどく腹が立った。

あれは、可愛い顔をしてあの人に近づき、お金をだまし取ったりする悪い女なのに違いない、と思う。

しかし、病室にいる自分には、どうすることもできない。せいぜい、あの悪い女を、むごたらしく惨《ざん》殺《さつ》される被害者の役にしてやるぐらいだ。

あの人が担架で運びこまれるのを窓の下に見たのは、そうした日々の中の出来事だった。

母親が帰ったのを見はからって、アーフィンは廊下に出た。緊急治療室は一階にある。一人で階段を下りるのは少し不安だったが、好奇心がそれに勝った。

治療室の扉には、「処置手術中」という札が掛かっている。近くを通りかかった看護婦に、アーフィンは中のことを尋ねた。

「技術院のほうで、爆発事故があったそうよ」

忙しい中、看護婦はわざわざ立ち止まって答えてくれた。

「爆発事故?」

「ええ、ガスボンベが爆発して、東洋人が大火傷をしたの。偶然、身体は棚か何かの陰になってて、一命を取りとめたそうだけど」

アーフィンはほっとして息をついた。

「あの、東洋人の方のお名前とか、わかりますか」

「ええ、有名ですもの。ネル・ビゼンセツリっていう技術院の講師よ」

「え……」

その名前には聞き覚えがあった。確か、あの本の……。アーフィンは看護婦に礼を言ってから、急いで自分の病室に戻った。

「やっぱり……」

本棚から一冊の本を取りだして、アーフィンは感激に震えた。「水力応用技術入門」……今年になってから、ずっと熱中していた本だった。花火の研究史、研究者たちの試行錯誤。無味乾燥な解説書と違って、まるで自分がその場にいるような臨場感がある。難しい専門的な話もすごくわかりやすく解説されていて、読んでいると自分もいっぱしの研究者であるような気分に浸れるのだった。ベッドの中でこっそり読んでいて、母や看護婦に怒られたことも何度かある。

「ああ、この人だったんだ……」

本を胸に抱きしめて、アーフィンは嬉しさのあまりその場で何度も飛び跳ねた。怪我をした彼には悪いと思ったが、つい幸運に感謝してしまう。処置が終わって病室に移ったら、すぐに話を聞きに行こう、とアーフィンは心に誓った。

意味もなく鏡の前に座り、そわそわとして髪をといたりしてみる。

赤毛、そばかす……ある意味、典型的な少女顔だ。自分を自分と特徴づけるような性質は病気しかない。アーフィンはそれがたまらなく嫌だった。

そんな自分が、新しい世界に触れることができるかもしれない。『特徴』を分けてもらえるかもしれない。

そう思うと胸が躍《おど》る。ベッドで静かに眠っていることなど、できそうになかった。

翌日……少女の幸運はさらに続いた。

午前中、アーフィンがあの本を再読していると、顔見知りの看護婦が部屋に入ってきた。

いかにも申し訳なさそうな顔で、看護婦はアーフィンに言った。

「お母さんにも訊《き》かないといけないんだけど……アーフィン、しばらくの間だけ、個室から相部屋のほうに移ってもらえないかしら。またすぐに戻ってもらうから」

「え……どうして？」

意味がわからず、アーフィンは問い返した。

「あのね、東洋人が入院することになったんだけど、皆さん、気味が悪い、と言って相部屋を拒否されるの。個室はいっぱいだし、相部屋に移ってくれる人も見つからないし、ほんとに困ってしまって……。ここの個室に東洋人を入れられたら、すごく助かるの」

「気味が悪いなんて、ひどい」

アーフィンは憤《いきどお》った。しかし、それと同時に、絶好のアイデアが頭に浮かんだ。

「じゃあ、この部屋にベッドを運び込んで、その東洋人さんに入ってもらって！」

「そ……そんなことできないわ。東洋人は男の人なんだし……」

「誰も部屋を空けてくれる人はいないんでしょう？廊下に放り出しておくわけにもいかないんだし、それしかないんじゃない？」

自分が部屋を空けることに同意すればいいのだが、

アーフィンは強引に話を進めた。

「大丈夫よ。男の人っていっても、何かあったら枕元のベルを鳴らせばいいんだし、それにその人、大火傷をして動けないんでしょう？　同じ部屋でも、なんの問題もないわ」

「でも、あなたのお母さんがなんとおっしゃるか……」

「お母さんなら大丈夫。困った人がいたら助けてあげるのが、本当の淑女の条件だっていつも言ってるもの」

　母親がいないうちに無理矢理決めてしまおう。アーフィンはそう決意して、畳みかけるように続けた。

「あたし自身がいいって言ってるんだから、いいでしょう？　問題があったら、その時に戻せばいいじゃない」

「……わかったわ。上の人に相談してみる。それにしても、アーフィン。あなたは優しい子ね。わたしだったら、同じ部屋なんて……我慢できないわ」

　看護婦のほうも本当はやっかい払いができて一安心しているのだろう。それは病院側も同じだったようで、しばらくしてすぐに彼は簡易ベッドに乗せられて運び込まれてきた。

　自分が使っているものとは較べものにならないような、粗末なベッドだ。

　看護婦の扱いも、なんだかひどくぞんざいだった。いつもは優しく親切な看護婦の人たちが、彼の包帯を取り替えるときには、あからさまに顔をしかめている。そして、適当に包帯を巻いたあとは、逃げるように部屋を出ていくのだ。

　隠しきれない嫌悪感が、仕草の節々からあふれ出ている。

「ひどい……どうしてそんな扱いをされないといけないの。確かに、見た目は悪魔みたいだけど……」

　眠っているネルの側に近寄って、アーフィンはその顔を覗き込んだ。髪が黒く、肌は淡い黄色。気味が悪いといえば、確かに気味が悪い。

でも、よく見たら、とても整った顔立ちをしているじゃないの。

あんな汚いものを見るような目を向けるのは、理解できない。それに、そういうのは人間としてやってはいけないことだと思う。

そのとき、眠っていた彼の目がふいに開かれた。

「きゃあっ」

驚きで足がすくんで、アーフィンはその場に尻餅をついてしまった。

「あ、あ、あの……」

珍しい動物を見たような顔になっているのが、自分でもわかった。言葉を話す奇妙な動物を前にしたら、たぶんこんな感じになるのだろう。

しかし、失礼だとは思いつつも、表情を変えることはできなかった。

彼は、今いる場所を確かめようとしているのか、あたりをぼんやりと見回している。

「そうか……生きてたか」

安堵の呟《つぶや》き。しかしアーフィンには、彼が自分の身を思って言っているようには聞こえなかった。大事なものを背負っていて、まだそれを投げ出さずにすんだ、という感じがした。

「あの、燃えにくい白衣を着ていたおかげで、重度の火傷は腕と背中の一部ぐらいですんだそうです。中度の火傷は他にも広がってて、あと、肩の後ろにひどい骨折もあるそうですけど……」

看護婦にしつこく言って聞き出した話を、アーフィンは正確に彼に伝えた。

「え、きみは……?」

「あ、えーと、このたび病室が相部屋にならせていただきましたところの……」

舌がもつれてうまく自己紹介することができなかった。恥ずかしさで頬が火照る。

「相部屋って……女の子だよね?」

困ったように言って、ネルは少しだけ視線を逸《そ》らせた。アーフィンははじめて、相手が自分と同じ人間であることを実感した。意外と、女の子の相手があまり得意じゃない人なのかも……。

アーフィンは本を手に取って、彼に向かって突き出した。

「あの、この本、先生がお書きになったんですよね。よろしければ、サインをください！」

「ああ、去年書いた本だな」

ネルはようやく『あの人』らしい微笑で答えてくれた。言葉を継ぎながら、ペンを表紙の裏に走らせる。

「これはまだ東洋にいた時に書いたものなんだけど、いまはそこの技術院でも作ってるんだよ。こんど時間があったら見においで」

「え……はい！　あ、でも……」

嬉しかったが、アーフィンにできるのは、喜ぶことだけでもあった。それ以外のことは、許されないのだ。自分の身体には……。

「でも、あたし、まだ病室から出られないんです……」

「そうか……。じゃあ、病気が治ってからのお楽しみ、ということで」

「……はい！」

病気のことは思い出したくないので、あえて元気良くアーフィンは答えた。その手に、ネルが本を返す。『錬』と書かれたサインが入っていた。

「ありがとうございます。あ、これ……漢字ですよね。へえ……」

物珍しさに目を奪われていると、ネルは妙に感心した様子で頷《うなず》いた。

「そのサインを見て、きみとまったく同じような反応をした女の子を知ってるよ。すごく興味ぶかそうにしげしげ眺めてね。いまは、うちの研究員をやってるんだけど」

「え、女の子でも研究員になれるんですか」

「よそじゃまだ珍しいけど、ウチには二人もいる」

衝撃だった。

女でも研究者になれる……。自分が白衣を着て颯《さっ》爽《そう》と歩いているところを空想し、アーフィンはひそかに胸を躍らせた。

「きみはいくつ?」

「十六歳ですけど……」

「じゃあ、頑張って勉強して、ぜひウチに来てくれ。じつは学生がいなくて困ってるんだ」

「でも、あたしは……」

「身体が弱くても大丈夫。実験は他の人に任せて、その結果から理論を組み立てるテーマを選ぶって方法もあるし」

ネルの黒い瞳には、嘘偽りのようなまじりものは見えなかった。

この人は本気で誘ってくれてるんだ。そう思うと、アーフィンはいてもたってもいられなくなった。何かきらきらと輝くものが、身体の中を駆けめぐるのを感じる。

「それにしても、そこの本棚といい……。難しい本ばかり読んでるんだね」

どっさりと並べられた本に目を向けて、ネルが言った。

「大学レベルのものばかりじゃないか。『古代叡理《エーレ》国叙事詩の物語構造分析の研究』『非同一的なものの思想』『物性工学の基礎と応用』……うーん、すごいな」

病室でずっと過ごしているアーフィンにとって、唯一の友達は本だった。

ただ、まだすべての本を読み尽くしたわけではなかったので、詳しく訊かれたらどうしようかとアーフィンは少し焦りもした。技術院に誘ってくれたのはたぶん、本棚を見てのことだったろうから。

「あたし、本を読むしか能がないですから……」

「たくさん読めるのは、それだけで偉大な才能だよ」

褒められているうちに、自信が湧き上がってきた。もしかしたら、本当に技術院の学生になれるかもしれない。お母さんに相談してみよう、とアーフィンはわくわくしながら考えた。

自分のベッドに戻ってからも、ついそわそわとなって、彼のほうをこっそり窺《うかが》ってしまう。こんなにも心臓がどきどきと高鳴るのは、生まれてはじめてのことだ。

無言のまま時間が流れた。が、ずいぶんあってから、ネルが話しかけてきた。

「アーフィン、ここの本、ちょっと借りてもいいかな？　なんせヒマなもんで……」

「え、あ、はい！」

答えると、ベッドからなんとか起きあがって本棚へと歩き（下半身には怪我はないようだった）、十冊近い本を一気に手に取って、ベッドの側に置いた。

そんなにたくさん一度に取ってどうするんだろう、と思ったが、その考えはすぐに消え去った。

――うわ……すご……。

思わず、小声で呟きそうになってしまった。難しい本なのに、一ページに五秒とかからず読み進んでいくのだ。時折メモをとったりしているので、流し読みでもないらしい。

「あの、どうしてそんなに速く読めるんですか？」

ネルが数冊読み終わったところで、アーフィンはたまらず彼に尋ねてみた。

「ああ、速読法というのがあるんだ。文字を直接イメージとして理解するように読むから、普通より速く読める。やってみる？　若いうちにコツを摑んでおくと、すごく上達するよ」

「……でも、あたしにできるかしら」

「たぶんきみなら大丈夫。二十歳を超えると習得が難しくなるけどね」

そう言って立ち上がると、ネルは一冊の本をアーフィンの膝の上に開いて置いた。そして、一行の半分ぐらいを二本の指で挟みつつ、もう一方の手でアーフィンの首の後ろに触れ、猫背を正させた。

「この両方の指を同時に視野におさめながら、間の文章全体を見るんだ。そして、心の中で音声化せず、イメージを頭に浮かべるようにして読んでごらん」

半信半疑でアーフィンはネルの指を見つめた。両方の指を同時に見ようとすると、間の文字は焦点が合わずに少しぼやけてしまう。こんなのでいいのかしら、と思いながらアーフィンは文章全体を眺めた。

ネルは次に、指を行に沿って、ぱ、ぱ、と動かしていった。それに合わせて目を動かし、文章全体を視野におさめて見る……読む。

最初のうちは、うまく文章の内容を理解することができなかった。

が、何度も繰り返しているうちに、なんとなくコツが摑めてきた。イメージで文章を捉《とら》える。その感覚がだ。

そして感覚が摑めるにつれ、ネルの指の速度で、書いてあることが頭に収まるようになりはじめてきた。いままで持ったことのない不思議な感覚だった。

「あ……ほんとだ……すごい」

「え、一発で摑めたのか。うーん、才能があるよ」

にっこりとネルが笑って頭を撫《な》でてくれた。アーフィンはもう、嬉しくて嬉しくてたまらなかった。

こういう未知の技術を、東洋人の彼は、他にもたくさん知っているのだろうか。

もっといろんなことを彼から教わりたくて、アーフィンはつい彼の入院が長引くことを願いたくなったりした。

そうだ、学生になれば……。

先生の研究室に入れば、毎日好きなだけ教えてもらうことができる。

空想は現実的な願望になってアーフィンの胸に深くとどまった。

「先生、あたし、頑張ります!」

猛烈にやる気が起こって、アーフィンは未読の本を十冊ほど本棚から取り出した。ベッドに戻ったネルは、嬉しそうににこにことしている。気合いが入った。

――ようし、やるぞ。

本を膝の上で開こうとして、ふと視界の端に妙な動きを感じた。

窓の下に目をやると、見覚えのある人影……あのおじゃま虫の女の子が、入り口のあたりをうろうろとしていた。中に入ろうとしてはすぐに外に出てベンチに座ったり、俯いてあたりを往復したりと、あやしい行動を繰り返している。

あの女、また先生を騙《だま》して悪いことをしようとしてるんだ。あ、この爆発事故も、もしかしたら……保険金を掛けて事故死に見せかけようとしたのかも……ひどい。ほんとにひどい悪女。

アーフィンの中で、彼女はすでに極悪で外道な詐《さ》欺《ぎ》師《し》になっていた。

一日も早く学生になって、先生をあの女から守ってあげないといけない。

心に固く誓うのだった。

16

爆発事故という重大な過失に対して、学科内では時をおかずに教員会議が開かれた。

事故の原因を追及、査問し、今後の対処を決定するためである。出席しているのは、四名の教授、一〇名の講師、そして学科長および学部長の計一六名だった。

また、責任教官であるネル・ビゼンセツリは入院中で出席できないため、代わりに助手のユウがその席についていた。

「では結局、不注意による事故と、いまのところは判断しておるのかね」

長い査問の末、学科長がユウに問い質した。

「……不慣れ、と言った方が近いと思います。事故を起こした技官は、まだ雇われてから数カ月。未熟な研究者が誤って事故を起こすのは、ある意味避《さ》けがたい部分があります」

「不慣れな人間にそのような実験をさせること自体、誤っているのではないか。指導に問題があると誹《そし》られても、文句は言えまい」

出席していたディールが機械的に発言した。ネルを追い詰めようというような意志はあまり見えなかったが、当然友好的でもありえなかった。

「……仰る通りで、それに関しては弁解の余地はありません。しかし、あえて一つ、我々の身勝手な事情を申し上げるなら、四人しかいない研究室では、どうしても人手が足りず、不慣れな者にも、ある程度の責任を負わせる必要がありました」

「なんにせよ、事故の責任を不問とするわけにはいかない。研究室の廃止も視野に入れて、対処を考えようと思う。いかがですか、皆さん」

学科長の問いかけに、おおかたの教授が頷《うなず》いた。反対ではないが賛成でもない、という表情である。

研究者の起こす事故ということでは、どこも明日は我が身なので、他研究室の過失を強く追及するのをためらっているのだ。ここで研究室廃止というような厳罰を認めると、次に自分のところで同じような事故が起こったときに、自身が進退に窮《きゅう》することになる。

そんな思惑が渦巻く中、一人の教授が手を挙げた。学科の重鎮《じゅうちん》と言ってよい、シュテリアン教授であった。

「これ一つで廃止というのはあまりに厳しすぎる。半研究室に格下げをするという方法もあるでしょう。よろしければ、うちで面倒をみたい」

シュテリアンの意見に、出席者の半数ほどが「同意です」という声を上げた。

半研究室。つまり、教授が指導する研究室に属する形となり、関連研究グループとして部屋を分配される、ということになる。講師が指導教官として独立運営する正規の研究室と違い、研究資金の運用や装置の搬入など、あらゆる面で制限が生じる。自己の裁量で決めることはできず、監督する教授の指示を仰がねばならないのだ。また、他研究室に属する形になるから、当然、予算も下がる。

ただ、格下げされ、他研究室の傘下《さんか》に収まることになるとしても、廃止よりはずっと軽い処分だと言える。

「さらに……この場で憶測を述べることが許されるなら、これは事故ではない可能性があります」

慎み深い口調でシュテリアンは言った。

彼は軽々しく憶測を述べるような人間ではない。その言葉には、会議室にいる誰もが黙って耳を傾けた。

「邪推になるかもしれませんが、これは事故ではなく……事件ではないか、とも私には思えるのです。聞けば、事故を起こしたボンベのバルブは全開になっていたとか。バルブを全開にすると、その場でガスが噴出します。いくら不注意な者であっても、その音に気づかないはずはありません。また、可燃性ガスのバルブは、通常のものとネジが異なっている。さらにミスに気づきやすいはずだ。事故と理解するには、妙な点が多い」

妥当な推測だった。

しかし、事件性があったならあったで、技術院としては問題が大きい。内部の者の犯行となれば、対外的にも非常に面倒なことになる。

学科長が難しい顔になって発言した。

「事故か事件かについては、警察の見解を待ちましょう。しかし、我々としては、外の批判を受ける前に、事故として早々に処分を決定しておくべきかと思います」

反論はなかった。

そのまま、ビゼンセツリ研究室に対する処分は決定された。結論は、半研究室への格下げ、である。ビゼンセツリ研は、少なくとも今年度いっぱいの間は、半研究室待遇でシュテリアン教授の管理下に入ることとなった。

そして、来年度以降の処遇は――

国際花火大会の代表となっていることを鑑みて、その結果を待つこととなった。

すなわち、優秀な成績をあげることができなければ、研究室の廃止も考える、という通告。

ならびに、事故であった場合、当事者のエルフェールには解雇の処分を下されることも決定された。

ネルは王女の来訪をひそかに待ちわびていた。

エルフェールが罪の意識でしょぼくれているのではないかと心配だったためだ。実験に失敗は付き物であって、そんなに気にすることはない、とネルは考えている。失敗をおそれて何もしなくなるより、よっぽどいい。ちょっとおっちょこちょいなところを直せば、それで十分だと思う。

が、エルフェールがようやく彼の病室に姿を現したのは、事故から一週間も経った日のことだった。

思っていた通り、彼女はずいぶんと気落ちし、元気をなくしている様子だった。顔色が真っ青だ。

「あ、あの……先生に顔向けできるわたしじゃないんですけど……どうしてもお伝えしないといけないことが起こって……」

教員会議で下された裁定を、エルフェールは苦しげに話した。すべて自分の責任だ、と思い詰めているようだった。

さすがに半研究室待遇となったのは少々ショックではあったが、消沈しているエルフェールを見ると、そんなことはどうでもいいように思えてきた。

「いいよ、半研落ちぐらい。また結果を出せば上がれるんだから。おまえが活躍すれば、すぐに戻れるだろ」

「ごめんなさい、わたしのせいで、こんな……」

すっかりけなげで神妙な口ぶりになって、エルフェールはベッドの側に膝をついた。

「もう、先生の言うことに逆らったりしません。こんなひどい傷まで負わせてしまって……責任を取ります！　先生に一生を捧げます！　こき使ってください！　わたしを先生の奴隷《どれい》にしてくださいっ！」

その場に土下座をして、エルフェールは謝り続けた。相変わらず、0か1かといった極端さだ。本人は真剣そのものなのだろうが、そのちょっと向きのずれた誠意と情熱がネルには少しおかしい。

「先生、これを……」

ふいにエルフェールは手もとに首輪のようなものを取り出して、さらに続けた。

「これに繋《つな》いでください！　わたしみたいなバカは、それぐらいされないとわからないんです！　もし、また同じような失敗をしたら……」

泣きながら訴えている。例によって、顔は床の埃《ほこり》まみれだ。

「あのなあ……誠意はわかるけど、そのどうかしてる発想の方を先になんとかしてもらえないもんか……」

ネルは苦笑して言ったが、エルフェールはもう聞いていなかった。感情が昂《たかぶ》ると、もう何も耳に入らなくなってしまうのだ。

「従いたいんです！」

対応に困り果てて、ネルは無言で軽く下を向いた。そのままエルフェールの興奮が収まるのを待つ。

ようやく王女の息が静まったのを見はからって、ネルは相手の興奮をふたたび呼び起こさないよう静かに話しかけた。

「終わったことは、終わったことだ。そこから出てきた状況は、これからの行動で変えていくしかないだろ。おまえの取り柄は、前進することぐらいなんだし」

「でも……」

まだ納得のいかない素振りで、エルフェールは俯いている。

重苦しい静寂が部屋に籠《こ》もった。

それを打ち破るように、相部屋の少女アーフィンが散歩から戻ってきた。足が弱らないように、毎日ほんの少しだけ病院の庭を歩くのが彼女の日課なのだった。

「あ……」

アーフィンは目を見開いて、床に座っているエルフェールを見つめた。不審感も露わな様子だ。たどたどしいが、しかしどこか冷ややかな足取りで彼女はベッドへと歩いた。そしてエルフェールの横を通り過ぎる瞬間、

「……詐欺師」

と小声でつぶやく。最後にベッドに飛び込むと、彼女はふてくされたように布団の中にもぐり込んでしまった。

「な、何よ、あの娘……」

「ああ、たまたま病室が相部屋になって……」

「あ、あ、相部屋……⁉」

もともと血の気を失っていたエルフェールの顔が、さらに真っ白になった。

「相部屋って……もしかして、一緒の部屋で寝たり起きたり御飯を食べたり……ということですか」

「まあ、そうと言えばそうだけど……」

白く染《そ》まっていた顔が、今度はあっという間に真っ赤に変わった。自分が作っている花火よりもカラフルに色が変化するんだな、とネルはおかしくなった。

「この変態！　ロリコン！　今日という今日は見損ないました！」

「だから……どこでそういう言葉を覚えてくるんだよ。しょうもないことばっかり覚えて……」

「使わせる先生が悪いんでしょうっ⁉」

ようやく元気が出てきたらしい。この王女を元気づけるには、結局のところ怒らせるのが一番なのだろう。それに、怒っている時が最も彼女らしい。

落ち着いた気分になって、ネルはサイドテーブルの紅茶を手に取った。

が、そこでネルはふいに手を止めた。そして、紅茶の水面をじっと見つめる。

——この波紋は……。

「ちょっと先生、聞いてるの……むぐ」

ネルは唐突にエルフェールの口を片手で塞《ふさ》いだ。

そしてもう一度紅茶を見た後、エルフェールの腕を掴んでベッドから出た。

「来い」

声を低くして彼女の腕を引く。何が起こっているのかわからない様子で、エルフェールは目を白黒させていた。

そのまま、病室を出る。

「ちょ、ちょっと先生、どこ連れて行くの……って、やだ！　ここ男子トイレじゃない！　何するつもり⁉︎」

有無を言わさずネルはエルフェールをトイレの個室に連れ込んだ。怪我の痛みはあったが、気にはしなかった。それよりも、優先すべきことがあった。

ネルは唐突にエルフェールの背中から服の内に手を入れ、中を探った。

「な、な……ちょっとっ！」

あまりのことに硬直しているエルフェールを無視して、ネルは服の内側をまさぐる。

「待って……ていうか！　こんなところじゃ……ていうか！　心の準備が……ていうか‼　と、とととにかく、やめて！　いや！」

ややあって、ネルの指はコルセットの外側に貼り付けられた薄いシートのようなものに触れた。

「……やはり、か」

ネルはそのシートを取り出すと、二つに裂いた。バチッと弾《はじ》けるような破裂音と火花が続く。中からは、透明な液体があふれ出した。液体は床に落ちた時にも、小さな音を周囲に放った。

水、だった。水気エネルギーを含んだ水だ。

「え……」

事態が理解できず、エルフェールは唖然としている。

「これ、なに？」

「盗聴器だな。水気の共鳴を使って、声の振動を読み取る。水気を充塡《じゅうてん》した水が振動すると、近くにある水も共鳴して振動する現象があるだろ。声でシート内の水が振動、で、近くで誰かがそれを読み取っていたんだ。紅茶の水面に妙な波紋が浮いているので気づいた」

「ど、どういうことなんですか？」

「誰かが、おまえを監視している」

ネルはトイレから外を窺ったが、人影はなかった。

「ここに来るまで、つけられてなかったか」

「え……わからないです。そんなこと気にしてる余裕なかったし……」

ネルは頭の中で計算式を走らせた。この程度の水気の共鳴が及ぶ範囲は、せいぜい10米《メートル》ほどだ。となれば、常に近くで声を読み取っていたとは考えにくい。おそらくは居室や実験室に、声の読み取りと記録を行う装置が仕掛けられているのだろう。

あの爆発事故。

直前に、「ガスが漏れているような音がする」とネルに知らせてきた男がいた。そのおかげでエルフェールを守ることができたのだ。が、いまとなっては都合が良すぎる、とネルは思う。

——事故ではなく、何者かが……。

その可能性が高くなった。それを証明できれば、エルフェールを辞めさせずにすむ。

また、エルフェールの生命が狙われているわけではなさそうだ、ということも、ネルに小さな安心を与えた。彼女を本気で害するつもりだったのなら、わざわざガス漏れを知らせてきたりはしなかったはずだ。それに、盗聴などと手の込んだことをする必要もない。彼女には護衛もいないのだ。交通事故とか、もっと簡単に事故に見せかけて害する方法はいくらでもある。

——となると、狙いはおれへの警告、か？

エルフェールに盗聴器を仕掛けたのは、ユウや自分では気づかれてしまう、という理由で納得できる。ただ、動機や目的はまだ摑めない。敵の正体もまったくわからない。

「先生……」

考えにふけっているうちに、エルフェールが我に返った目でネルを見上げていた。恨みがましい目つきだった。

「触った……直接、触った……」

「え、でも、背中に少し触れただけだぞ」

「でも、直接！　直接肌に触った！　どうしてくれるの！」

「どうしてくれるの、と言われてもな……」

「ひどい！　女たらし！　一生恨んでやる！　それか、一生つきまとってやる！」

言い捨てて、エルフェールは怒りも露《あら》わにトイレを飛び出していった。当初は謝るために来たことも忘れてしまっている様子だった。


——まあ、落ち込んでいるよりも、あの方がエルフェールらしくていい。

復活した彼女の勢いにほっとする。元気に怒っている彼女を見るのは、気が休まることだった。

ただ——

爆発事故について、なおも漠然とした不安が消えないのも確かだった。

17

国家というものに必ず付随する機能、外交――

世間ではいま、友好を深めるために叡理国《エーレ》を来訪している蘇格《ソケール》王国の皇太子シュゼールの話題でもちきりだった。

もっぱら世間が気にしているのは、シュゼールが大叡理帝国の復活・再建を目論んでいるのではないか、ということだ。つまり、老いて活力を失いつつある叡理国を合併吸収し、欧州随一の国家を現出しようとしているのではないか、というおそれだった。

確かに、蘇格国の国力と、叡理国の伝統や教育水準が一つになれば、新大陸の亜麻国《アメリ》に比肩する大国家がよみがえることになる。一部の国粋主義者には、魅力的な理想図だった。

ただ、そうした国家間の駆け引きなどは、東洋人のネルにはあまり興味のない出来事でもあった。

国が合併されても、技術院は続く。

王家の血筋が滅んでも、研究者の系統は滅ばない。

王女であるエルフェールの身分がどうなるかは気になるところだが、あの娘なら華族に格下げとなっても、特になんとも思わないに違いない。むしろ、喜ぶだろう。

つまるところ、平和的に結合されるのであれば、ネルには他はあまり気にならなかった。

そのため、一連の出来事は、一般庶民のネルにはなんら関係のない雲の上の出来事となっていたはずだった。

だが――

その日、平穏を崩しかねない一大事が、彼の身に降りかかってきたのだった。

朝方、ネルは散歩がてら公園のベンチに座り、いつものようにあれこれと考え事をしていた。そろそろ腕も動かせるようになり、骨折の痛みも和らいできている。退院した後、エルフェールたちの研究をどういう方向に持っていくか、そのことばかりが頭にあった。

「ネル・ビゼンセツリ先生だな」

ふいに若い男の声が横から浴びせられた。ふと見ると、一人の若者がベンチの隣に座っていた。帽子の間から、栗色の髪が洩れている。薄茶色のごく一般的な既製服を身につけた、二十五歳前後の男だった。

「叡理国というところは、面白い。東洋人に教授レベルの地位を与えるなど、他の国じゃ考えられんからな。普通なら、金は与えるが、地位は与えない。だが、おれはそうした叡理国の伝統を受け継ごうと思う」

年来の友人のように気安い口調だった。しかし、その瞳にある意志の光は、まぎれもなく『本物』だった。ありきたりな既製服を着ているのは、人目を避けるためなのに違いなかった。

顔立ちと、瞳の光。ネルは、気づいた。肖像写真を目にしたことがあったからだ。

「シュゼール皇太子ですか」

「わかるかね、友人」

「エルフェールと同じ髪の色、同じ目鼻だち……王家の血というのは、意外に強いものなのですね」

シュゼールは、もともと叡理国王家の出である。エルフェールとは、従兄弟の関係にあたる。子に恵まれなかった蘇格《ソケール》国国王が、少年時代の彼を養子として譲り受けたのだ。そうした事情も、叡理国と蘇格国の合併という説がまことしやかに唱《とな》えられる一因となっている。

「さすがは、当代随一の技術者。観察力がある」

シュゼールは高らかに笑い、両腕をベンチの背に広げた。皇太子でありながら、他国の公園などに平気で座って腕を広げられるその胆力に、ネルは何か得体のしれない器のようなものを感じた。

「私に何か御用でしょうか」

ここに皇太子がいるという理由は、周囲を見渡しても自分以外には考えられない。

歓迎する気持ちは芽生えなかった。やっかいな政争に巻き込まれるのはごめんだったからだ。ネルにとって、この皇太子はまだ疫病神そのものだった。

「ここに来た目的は、二つある。簡潔に話そう」

シュゼールはにわかに君主の顔を顕して言った。

「一つには、おれはあんたが欲しい」

黙ったまま、ネルはシュゼールに対して何も言葉を返さなかった。答えようもなかったからだ。

それにしても、歴史物語や産業小説で聞くような台詞《せりふ》を、自分が受けることになるとは。

ネルは、何やら自分の姿を外から眺めているような、妙に客観的な浮遊感を覚えた。

「我が国に来れば、いまのようなおざなりな待遇から飛躍できるぞ。地位だけを与えて、後は放置……おれはそんなことはしない。おれは約束する。豪邸に住み、水気車を乗り回し、東洋人と指をさされることもなく、各国の美女を抱く。そういう日常をなそれに相応しいだけの知恵と知識を、あんたは持っている。看護婦にもまともに相手にされないような場所に、留まっているべきじゃない」

「おざなりであるからこそ、自由なのですよ。自由に自分の研究ができる。酒池肉林《しゅちにくりん》に縛られるのは好きではありません。代償が怖い」

「だが、いまのあんたは、著《いちじる》しく虐《しいた》げられている。それを惜しいと思って言ってるんだ」

策謀のにおいがした。爆発事故で窮《きゅう》している、まさにその時機を見計らって近づいてきた隣国の王子……。

単に機を見るに敏なのか。それとも……自らの指示で『事故』を起こし、相手が窮したところに手を差し伸べたのか。

いずれにしても、切れる男だ、ネルは思う。

明るく、友好的で人懐っこい態度の向こうで、鋼の刃を握っている。その刃は、意志であり、策謀であり、理想である。君主だ。国を統《す》べる人間だ。

しかしそれは同時に、自らの内に約束された地を持ち、そこに至る途上にあるものすべてを巻き込んで進む、苛烈な姿でもあるのだ。

君主というものは、その存在自体に、庶民とは対立する価値が必ず含まれている。この皇太子は、それを否定しない男だ。それゆえに、彼の器量がネルはおそろしかった。

「とりあえず、私はいまの場所から動く気はありません。あなたがなんらかの威《おど》しを示すのなら、私にはどうしようもありませんが」

爆発事故のことをかすかににおわせて、ネルは皇太子に告げた。

「……なるほど、あんたは思慮深い人間だ」

シュゼールはネルの内側を覗き込むようにして目を細めた。『人』を求める君主の目だった。

「ますますあんたが欲しくなった。あんたは、従来の戦争の概念を一変するような兵器を発明しうる人間だ。水気を利用した兵器、世界を制することのできる兵器だ。論文を読んで、確信した。あんたは突出している。あんたにしかできないものが、確かにある」

「……買いかぶりですよ」

不安を抱えながらも、ネルはいささかのおびえも見せずに答えた。このような相手は、おびえの隙を見逃さない。そしてそれをこじ開けて、中にあるものを摑むことに、容赦はしないのだ。きっかけとなる隙は、わずかでも示してはならなかった。

シュゼールは、まだ君主の目を緩めずネルの横顔を見据えている。

「では、もう一つの目的のほうに移ろうか」

ようやく前方に視線を戻して、シュゼールは足を組んだ。男性美があって様になる仕草だった。

「おれはあんたに礼を言わねばならん。おれの妻を守っていただいてありがとう、とな」

一瞬、不安の表情を走らせてしまったことに、ネルは自ら気づいた。隙をようやく見つけだした策謀の笑みを、シュゼールが浮かべる。

ラインが繋《つな》がったような気がした。

叡理国と蘇格国の合併。

皇太子と王女の婚姻による、平和的な融合……。

世界を制する兵器を開発しうる技術者……。

そして、最強の国家の現出。

彼のあらゆる行動と策謀は、そのように有機的に繋がっているのか。目的を達成するために、ありとあらゆる手段を探索して実行する。その有りようは、もっとも優れた研究者のそれに近い。

とんでもない敵を持ってしまった、とネルはおそれた。

才能があり、器量がある。後世に名を残す偉大な王となるかもしれない相手。その人物に対して、自分は隙を与えてしまったのだ。

ネルには今後の推測をめぐらすことも許されてはいなかった。


公園を出たところで、近侍の者達とともに音もなく近づく若い護衛に、シュゼールは軽く手をかざして応じた。

護衛は、じつはシュゼール子飼いの将軍でもあった。常に彼の側にあって、彼の意図のもとに動く副官のような存在。名をミュールと言う。誠実で穏和な顔立ちをしているものの、その才能は、シュゼールも自らの片腕と頼むほどのものだった。

「……いかがでしたか」

短くミュールが訊《き》いた。

「手強《てごわ》いな」

正直な感想をシュゼールは洩らした。彼にとって、自分の思い通りに動かないものは珍しい。それゆえに、彼の中でネルという男の占める割合が増していた。

「手強いということは、使えるということでもありましょう」

「いや、この場合……知識はあっても知恵のない者のほうが、使いやすい。ああいう『本質を見抜く眼』を持った者は、何かと難しいな。とぼけた顔をしているが、手強い」

味方に引き入れることができれば、とはシュゼールも考える。水気兵器の開発者として、彼以上の人材は他にない。強い国家を造るための大きな一因子。わが手にすることができるのなら、当然それが最上だ。

シュゼールは、現国王の実子ではない。そのため、彼の王位継承については、まだ抵抗勢力も多く、微妙な問題がさまざまに含まれていた。彼が人材を求めてやまない理由は、そこにも存在している。

しかし、難しい、ともシュゼールは考える。ネル・ビゼンセツリという人間は、たやすく動かされる男ではない。人を見る眼には自信があるシュゼールは、彼には危険すらおぼえるのだった。自分が敗れる危険、をだ。

「では……やはりいずこかの国に獲得される前に、刃にかけておきますか」

冷酷に言い放つミュールの瞳には、彼自身はそれを嫌っている表情が潜《ひそ》んでいた。補佐役は冷徹でなければならない、と常に自分に言い聞かせているかのようでもある。

「……まあ、それも一つの手段ではある。暗殺で大勢の流れは動かないが、世界を構成する要素は変わる」

「それでは……」

ミュールが身に意志の力をみなぎらせた。指示があれば、いつでも自ら動くという姿勢だった。他国であるため銃は携帯してはいないが、彼ならば学者一人の生命など、武器を使うこともなく奪ってみせるだろう。

「まあ、待て。実力行使は、最後の手段として扱われるべきものだ。闘争とは政治の延長なのだよ。おれも、できれば彼を生かし、できれば彼を使いたい」

「しかし、私たちがこの国に滞在しているうちに始末をつけておいたほうが、後々の面倒がなくなるのではありませんか」

「彼は来年、我が国を訪れる……花火の国際大会に出るためにな。そのときになっても動かせないようなら、あらためて考えよう」

「……わかりました」

控えめな口調で答えるミュールに、シュゼールは満足して軽く頷《うなず》いた。

人を殺すことは、シュゼール自身も望んでいない。むしろ、血を見るのは人よりも嫌いなほうだ、と彼は思う。

しかし、意志を通すためには、それも決して躊躇《ためら》わない。

皇太子シュゼールとは、そういう男だった。


ここのところ、夕方の数時間はアーフィンの勉強を見てやるのが、ネルの日課となっていた。

彼を入院期間だけでも家庭教師として雇ってほしい、と彼女が母親にせがんだためだった。病気が治ったら大学に入りたい、と彼女は強く願ったのだ。

アーフィンの母親は、それをたしなめもせず、そのまま受け入れた。娘が欲しいと言った本を買い、欲しいと言った問題集を与え、彼女は苦言の一つも言おうとしない。

ネルは、そうした寛容さにかすかな違和感をおぼえた。

相部屋となったときも、この母親はまったく怒りもせず、娘の望み通りにしたがった。しかしそれは、娘に甘い、といった態度には見えなかった。

そう、まるで、先は短いからできるだけ本人の好きなようにさせてやりたい、というような……。

「先生、ここの問題がよくわからないんですけど……」

　不吉な直感を振り払って、ネルはアーフィンの手もとに意識を戻した。

「ん、第n次導関数か。それはこっちの公式を使うと……」

「あ、そか……」

　一つヒントを与えただけで、アーフィンはすらすらとその問題を解いてみせた。聡い子だ、とネルは思う。大学に入るためと言っていたが、すでに大学レベルの問題を楽しげに手がけている。

　彼女は、決して天才ではない。

　しかし、病弱であるが故の集中力がある。他のことが何もできないから、頭の中にあるものに集中できるのだ。彼女を見ていると、勉学というのは才能ではなく気力と継続力なのだということを思い知らされる。

　うまく病気が治って大学を卒業し、技術院に学生として来てくれれば助かるんだが、とネルは本心から願っていた。

　その後、夕暮れどきに至って、ふと窓の外に目を向けたネルは、暗がりのあいだに一組の男女が歩いているのを見つけた。

　整った顔立ちが妙に似ている二人の男女。

　皇太子シュゼールと、エルフェールだった。

　おれの妻、と言ったシュゼールの言葉が脳裏によみがえる。あれから数日……二人のあいだに何があったのか。意味もない想像をすると、ネルは心が奇妙にざらつくのを感じた。

　王女なのだから、婚約者の候補がいろいろといてもおかしくはない。そう考えて、冷静になろうとネルはつとめた。だが、無理だった。どうしても、心に毛羽立《けばだ》つものを抑えることができない。

　二人が、ベンチの前で立ち止まった。

　座るようシュゼールが勧めたが、エルフェールはそれを断って、その場に立ったまま俯いていた。見られるのをおそれているような態度だった。

シュゼールは困ったように肩をすくめて首を振った。いろいろと相手に語りかけているようだが、エルフェールの方は何か思い詰めた様子で下を向いているだけだ。

明るいエルフェールのそうした姿を、ネルは見ていたくはなかった。

ふいに諦めたような仕草とともに、シュゼールがエルフェールの肩をそっと抱いた。遠目にも、王女の身体がびくっと震えたのがはっきりとわかった。彼女の性格からして拳を相手の頰に返すのではないかとネルは思ったが、エルフェールは全身を強張らせたまま動かなかった。

理由があるのか、あるいは相手の口説きに心動かされたのか。もともと感激屋の彼女だ。ちょっとした言葉で動かされるようなこともあるのかもしれない……。

想像は、憶測にまで育ちつつあった。心が乱れるのをおそれて、ネルは考えることをやめた。考えても仕方のないことは、考えない方がいいのだ。

二人は、音もなく夕闇の中へと消えていった。

「だから……健康な女は、みんな詐欺師《さぎし》なのよ」

同じように外を見ていたアーフィンが、呟《つぶや》くように言った。思うようにならない身を抱えた嫉妬の、あまりに露わな態度だった。そして声には、秋風を含んだような諦めの音があった。

ややあってからネルは外に出て二人の姿を探した。しかし、すでにその行方は闇の中に溶け、見つかることはなかった。


退院の日はすぐにやってきた。

東洋人の長い滞在を医師が望まなかったということなのだろう。傷の癒《い》えないうちから追い出されるような、あわただしい退院だった。こういう扱いには慣れてはいるが、やはりどうしても心は曇《くも》る。

他国の申し出を受けて酒池肉林に過ごすのもいいのかな、などといった誘惑がよぎったりしなくもない。

とはいえ、そのために払わねばならない代償を考えると、いまの自由な生活の方が自分には居心地がいいのは確かだ。たとえ、多くのさげすみが向けられているにしても。

入り口付近で見送ってくれたのは、アーフィンの母親ただ一人だった。

「すみません、あの子、悲しい顔を見られるのが嫌ならしくて……」

「いい子ですね。私が困るのを考えてくれているんでしょう」

この母親も、最初のうちは、薄気味悪そうにネルに接していたものだった。だが、楽しそうに勉強をするアーフィンの姿を見て、次第に考えが変わったものらしい。

ふと見上げると、窓に張りつくようにして下を見つめているアーフィンの顔が目に入った。視線が合ったのに気づき、少女はすぐに窓から姿を隠す。

「あの子……一人で泣くぐらいなら出て来ればいいのに」

母親は困ったように、くぐもった笑いを浮かべた。

「先生、ありがとうございました。わたし、あの子があんなに楽しそうにしているところを見たことがありませんでしたから」

「私はただのきっかけですよ。この後はぜひ、ちゃんとした家庭教師を付けてあげてください。あの子はたいへんな才能を持っていますよ」

「そんな……あの子は病気持ちですし……」

「病室の中にいるからこそ、素晴らしい思索を広げられることもあるのです。将来が楽しみですよ」

「ありがとうございます……」

礼を言って言葉を途切れさせた母親に頭を下げ、ネルは病院から立ち去った。そのまま足を技術院のほうに向ける。後に、病院まで迎えにきていたエルフェールが続いた。

「あの子の病気、治らないものなのかもしれないな……」

隣を歩くエルフェールに、ネルは重い口調で話しかけた。それを聞く王女は、どこか翳りのある表情をしている。迎えにきたときからそうだった。

「……どうしてそう思うんですか」

「いや、なんとなくだけど、母親の態度がそんな雰囲気だろ」

「ええ……それはわたしも思いましたけど……だとしたら、かわいそう」

何に対しても感情移入の度合いが烈しいエルフェール。そういうところは、何か悩みを抱えているらしい今でも変わっていない。

「できたら、学生としてうちに来てくれると助かるんだけどな」

「でも、ずいぶん先の話になりますね……いまから大学を卒業するまで、五年ぐらいかかりますもの」

「そうか、そんなかかるんだったか……じゃあ、いまの不人気対策にはならないな」

「ええ……やっぱり学生の興味を引くような結果を出さないと」

他愛のない会話を交わしながら、ネルは数日前のことを訊くかどうかで迷っていた。あの皇太子シュゼールとのことだ。エルフェールが悩んでいる様子なのは、それが原因なのだろうと思えたからだ。

歩きながら、ネルは横を向いてエルフェールの姿を見つめた。

彼女の横顔には、やはり暗い翳りがあって、以前の無邪気な明るさはなかった。どこか王女らしい、大人の雰囲気を具えた顔になっている。シュゼールとの間であったことが、彼女に影を与え、大人の表情を付け加えさせたのだろうか。

「まだ、話せないか？」

ネルは短く訊いた。

「おまえは、明らかにいつもと様子が違う。何か困ったことがあるんだろう?」

　驚いた目でエルフェールはネルを見つめた。そんなに深刻げな顔を自分がしているとは、彼女自身気づいていなかったのだろう。戸惑いを露わにして、彼女はまなざしを地面に落とした。

　そして、しばらく黙って俯いていた後、結局エルフェールは首を横に振った。

「そうか……」

　ネルはそれ以上問い詰めるようなことはしなかった。いや、できなかったといったほうが近いのかもしれない。ネルには真実を聞くことへのおそれのようなものが確かにあった。

「ねえ、先生……わたし、もう研究室をやめたい、って言ったら、どうする?」

　深刻さを隠すような笑みをふいに浮かべて、エルフェールが訊いた。冗談にくるんだ口調だったが、しかし、そのまなざしは真剣そのものだった。

「困る」

「……困るだけ?」

「首を吊るかも」

「そう……じゃあ……続けます……」

　およそエルフェールらしくない言葉だった。彼女は、自分がやりたいからやるという性格だったはずだ。それを覆すほどの理由が、彼女を縛っているのだろう。

　しかし、ネルにはそれを探る術《すべ》はない。突然目の前からいなくなることも、覚悟しておかなければならないのかもしれない。

　また、爆発事故についても、進展はない。警察には深く踏み込んで捜査をする様子もなかったし、このまま事件性なし、として片づけられそうな気配だった。事故という結論が出れば、エルフェールは自ら辞めるまでもなく、技術院から解雇処分を通告されることになる。

　ネルは首を振った。最近の自分はどうも悲観的になりがちだ。あらためなければならない。上が暗い顔をしていたら、皆が暗い色に染《そ》まってしまうのだから。

18

「……今後の課題は、保存時にエネルギーの劣化を防ぐことのできる外殻材質の工夫、です。以上で今回の報告を終わります」

エルフェールの発表のあと、他の三人からの質問はなかった。

質問するだけの内容がないからだ。

その沈黙に耐えきれなくなり、エルフェールは無言で会議室を飛び出した。咎められているように感じられたのだ。質問する価値もない、と。

夢中で廊下を歩いていると、ふいに後ろから肩を摑まれた。驚いて振り返る。そこには、息を切らせたグリンゼがエルフェールを睨《にら》むようにして立っていた。走って追いかけてきたらしい。

「どうしたのよ。さっきの発表、先週の報告とほとんど一緒だったじゃない……やる気あるの？」

「……ごめんなさい」

エルフェールには、ただ謝ることしかできなかった。そんな自分が嫌でたまらず、彼女はくちびるを噛んで下を向いた。

「答えになってないわ。わたしは、やる気があるのって訊いてるのに」

「うん……」

「わかってるの？　この国際大会で勝てなかったら、研究室がなくなるかもしれないのよ？　そんな時に……」

あらためて身が凍《こお》るのをエルフェールは感じた。

研究室がなくなる。大会で勝てなかったら、研究室は閉鎖。もとはと言えば、すべて自分のせいなのだ。でも……。

「でも、どうしたって……勝てないのよ。勝てないの」

「……あなた、何を言ってるの？」

「いくらみんなが頑張って、いくら身を削っても……勝てないのがわかってるの。勝てない理由があるのよ。わたし、みんなや先生が一生懸命に頑張ってるところをこれ以上見るのが、つらいの……耐えられない」

グリンゼがあきれたように荒んだ笑みを浮かべた。さげすみと失望から出たのに違いない笑みだった。

「……そう。じゃあ死んで」

唐突にグリンゼは冷たい声で言った。

「き、急に何を言うのよ」

「死んでって言ってるの」

冗談の色などまったく籠《こ》もっていないまなざしが、エルフェールの胸を貫《つらぬ》いた。

「なんでわたしが死なないといけないのよ」

「いまあなたが死んだら、みんなの心が一つにまとまるもの。弔い合戦だ、って。それに、爆発事故の責任も大目に見てもらえるようになるだろうし。だから、死んで」

死ね、と繰り返されているうちに、だんだんと腹が立ってきた。突っかかりたくなる感情を抑え、エルフェールは憤りに震えた。怒りの感情に突き動かされたのは、ずいぶん久しぶりのことのようにも思える。

「あなた、人の命をなんだと思ってるのよ！」

「だって、あなたの命で買えるものなんて、いまはそれぐらいしかないんだもの」

「こ、この人でなし！」

「人でなしはあなたよ！」

はじめてグリンゼの口調に怒気が籠もった。挑みかかるような高い声だった。

「あなたね、無理やりネルの執務室に乱入してきて、ごり押しで技官にしてもらって、それでいて毎日ネルに目をかけてもらって、なのに彼の言うことを聞かずに爆発事故までやらかして、研究室の存続問題まで引き起こして……それでも彼はあなたを擁護して、仕事もいままで通り任せて……。それなのに、ちょっと個人的な問題でやる気をなくしました、ってどういうことよ！　冗談じゃないわ！　研究者として云々という前に、人間として最低よ！」

あの物静かなグリンゼが、目をつり上げてまくし立てている。いつもは表情のない顔も、殺気立って真っ赤に紅潮していた。

「本当に失望したわ！　花火審査のときは、見直していたのに！　あなたなんかに、ネルの指導はもったいないわ！」

荒々しい息づかいで、グリンゼはエルフェールを睨みつけた。

言葉が響きとなって消えたあと、廊下には氷のような沈黙が残った。

グリンゼの言う通りだ、とエルフェールは思った。わたしはダメなやつだ。人間のクズだ。ごみだ。あれだけ世話になってきた人たちに迷惑をかけて、平気な顔をしている……最低だ。最低だ……。

わたしは……最低なゴミクズだ！

その思いをそのまま悲鳴として叫びながら、エルフェールはグリンゼに背を向けて逃げ出した。逃げるしかできなかった。

「逃がさないわよ！」

グリンゼが背後から腰にしがみついてきた。振り払おうとしたが、グリンゼの力は思ったより強く、いくら逃げようとしても相手を引きずることしかできなかった。

「この上、責任放棄までする気⁉　そんなことはさせないわ！　あなたには、先生にすべて打ち明ける義務があるのよ！　これだけ迷惑をかけてきたんだから！」

足を払うようにして、グリンゼはエルフェールを床に転がせた。頭や肩をしたたかに打って、エルフェールは痛みに悶える。しかし、グリンゼは容赦せず、彼女の上に馬乗りになって首に手をかけた。

ようやく一時の爆発を抑えた様子で、グリンゼは静かにエルフェールの目を見た。

「死ぬ？　それとも話す？　どうするの？」

「……死んでもいいわ……」

ふいにそう思った。どちらにしろ、国際大会で勝てないのも、研究室が廃止になるのも決まっているのだから……どうせ、何をしたって……。

「あなたは……！」

掌底でグリンゼがエルフェールの頬を打った。容赦のかけらもない殴打だった。口の端が切れて血が滴る。エルフェールは呆然となって目の前の顔を見上げた。

くちびるを噛みしめているグリンゼの目には、怒りも悲しみもなく、ただ悔しさの涙だけがあった。


アーフィンは最初、母親の言っていることが理解できなかった。

しかし、真顔で話す母親の言葉を聞いているうちに、それが冗談ではないことに気づきはじめた。同時に、怒りが湧《わ》き上がってきて、胸の内を満たしていく。

「どうして？　どうしてここを出なくちゃいけないの？」

「だから……蘇格国《ソケール》の医療施設に移って、もっといい治療を受けるのよ」

「もっといいって何？　ここじゃだめなの？　まさか……手術？」

母親は答えなかった。その沈黙が答えだった。

「いやよ……」

手術自体は怖くなかった。でも、もしそれが治すための手術ではなく、寿命を延ばすためだけの手術だったら……。想像が際限なく広がっていく。必然的に自分が辿る『物語』が、アーフィンは怖かった。空想はとめどなく胸にあふれ、後から後から惨めで悲しい筋書きを紡ぎだしていくのだ。

「まだ、手術するって決まっているわけじゃないわ。診察を受けて、治療方法を相談して……それからよ」

「でも……蘇格国になんて行ったら、もう先生に勉強を教えてもらえないわ……」

「ちゃんと新しい家庭教師を向こうで探すわ。心配しないで」

「先生じゃなきゃいや！」

子どものようなわがままであることはわかっていたが、アーフィンは母に食ってかからずにはいられなかった。技術院の学生になるという、生まれてはじめて持った夢が、もう壊れようとしている。悔しくてならなかった。

「病気が治ったら、また戻って来られるわよ」

「……うそよ」

アーフィンの中にある物語は、どれも同じ結末を指していた。恋は悲恋に終わり、夢は悪夢に変わり、命は死へと溶けこんでゆくのだ。すべて、病気のために。

「アーフィン、お願い。困らせないで」

「…………」

黙りこくって、アーフィンは下を向いた。いくらここで拒否しても、行かなければならないものは行かなければならない。わがままを言っても母の心が痛むだけだと、アーフィンはよくわかっていた。

「……わかったわ」

アーフィンは窓の外に目をやって、うつろな声で言った。

「……そう」

「……でも、もし手術があるなら、来年まで待って」

「どうして？」

母の顔に戸惑いが広がった。

「来年、花火の国際大会があるの。それに、先生が参加するのよ。それが見たいの。手術で死んじゃったら、見られないでしょ？　だから、それまで待ってほしいの」

国際大会が開かれるのは蘇格国首都だ。こんど入る病院も蘇格なのだから、病身でも見に行くことができるかもしれない。これは幸運だったんだ、とアーフィンは自分に思いこませることにした。そうすると、花火に勇気づけられた少女が手術で成功する、という物語が浮かんできて、他の悲劇をいっときだけでも忘れることができる。

「……わかったわ。向こうで診察を受けてからでないとわからないけど、できるだけそうしてもらえるように話してみる」

「ありがとう、お母さん……」

窓の外を見つめたまま、アーフィンは心から感謝を述べた。いつも自分のことを優先してくれる母に、自分は何も返してあげることができない。思うようにならない身体が歯がゆかった。

「ねえ、お母さん。先生、優勝してくれるかな……」

「大丈夫よ。きっと」

窓の外、林の向こうには技術院の建物がある。いまも先生たちは実験や研究で頑張っているのだろうか。

アーフィンはふと、ネルと交わした会話を思い出した。

「優勝するよ。しないと研究室がなくなるかもしれないし」

勉強を見ながら、ネルは雑談の中でそう語ったのだ。

「なくなったら困ります！　あたしの目標までなくなっちゃうもの！」

「……そうだな。じゃあ、きみのためにも頑張ることにするよ」

ふいに、物語が浮かんだ。

「きみのために勝つ」と病床の少女に約束する異国の青年。彼が勝ったら手術は成功する、と願をかける少女。青年は約束通り勝利を収め、それに勇気をもらって少女は手術室に向かう。そしてその結果、少女の病気は完全に癒え、少女は青年のもとへ……。

よくある筋書きだ、とアーフィンは反省した。しかし、人にとってはありがちであっても、自分にとっては最高の結末に繋《つな》がっている。

たまにはありがちな話もいいか。アーフィンはそう思い直すことに決めた。

19

「どうも、近頃のエルフェールは様子がおかしいですね」

　会議室から戻る途上で、ユウが心配げにネルに話しかけた。

　言われるまでもなく、エルフェールの異常にはネルも気づいている。しかし、王室の問題に対して、自分ができることなど何もないのだ。

「一度、直接話を聞いてみてはいかがですか」

「聞いてどうする。それに、話したがらないものを無理に聞き出すのも好きじゃない」

「……ほんと女性がわかってませんね。本人も本当は聞いてもらいたいと思っているはずです」

「あいつの問題は……たぶん、おれの手の届かないところにある」

「何もできなくてもいいんじゃないですか？　懺悔《ざんげ》を聞く神父には存在価値がない、とお思いなら、仕方ありませんが」

　年長者の余裕を示して、ユウは微笑を浮かべた。悩みや懺悔を聞く人間としては、自分よりも彼のほうがずっと相応しいようにネルには思えた。

「……ユウ、おれは臆病者《おくびょうもの》なんだよ」

「私だってそうですよ」

「しかしな……」

　その時、廊下の端から駆け寄ってくる人影が見えた。階段を駆け上ってきたのか、息を大きく切らしている。グリンゼだった。

「ネル、エルが話があるそうです。実験室にいますので、行ってやってください」

　目の前まで走ってきたグリンゼは、荒い息づかいで訴えた。『同志』として認めてきたエルフェールに、彼女は失望したくないのだろう。いつもは冷静な瞳に、せっぱ詰まったような光が宿っていた。

「お願いします」

「……わかった」

ネルは覚悟を決めて、実験室に向かった。聞くことへのおそれはあるが、指示する者としての責任のほうが重い。義務感のみで歩いているのでもないが……。

部屋の扉を開くと、中は真っ暗闇だった。驚いて水力灯をともす。炎と同じ色の光が周辺を明るく照らした。実験室では、危険を避《さ》けるために瓦斯灯は使っていないのだ。

あたりを見回す。

隅の方で、何故かエルフェールが貯水槽に縄で縛り付けられているのが見えた。口もとには血の跡がにじんでいる。

「何やってるんだ、おまえ……」

「……見ての通り縛られてるんです」

「……妙な趣味だな」

「違いますっ！　グリンゼにやられたんですもの！」

憤然としてエルフェールは反論した。

「まったく、グリンゼもおまえと付き合ってるうちに、だんだん無茶するようになってきたなあ……」

苦笑しながら縄をほどくと、エルフェールはスカートの埃《ほこり》を払いながら立ち上がった。憤りの仕草だ。だが、やはりまだ、表情に翳りは残っていた。

「おまえは、話さないといけない」

ネルはあえて言葉鋭く言った。

「立場的に難しいこともいろいろあるんだろうが……個人的な問題でこれ以上研究に支障が出るようなら、やめてもらう」

エルフェールの肩が小さく動き、そして強張った。まだ、話すことを躊躇《ためら》っているらしい。自分がいなくなればすべて解決する、と思い詰めている表情だった。

しかしそんな状態でも、エルフェールは投げ出すことができずに、毎日ここに通っていたのだ。彼女自身に、それだけ研究への未練があるのは間違いない。本当は研究が続けたくて仕方ないのだ。

「……わかりました」

　ややあって、エルフェールはようやく口を重く開いた。

「このまま黙っていても、かえって迷惑がかかるばかりだから、全部お話しすることにします。処分は先生にお任せします」

「……ああ」

　視線が交錯するのを避けるようにネルは机の前の椅子に腰掛け、エルフェールを見上げた。王女の姿はいままでにないほどやつれ、疲れているように見える。

「まずは、蘇格《ソケール》の皇太子シュゼールのこと、です。話さないといけないことが、三つあります」

　エルフェールは思いを喉から吐き出すようにしてぽつぽつと語りはじめた。

「……あの爆発事故は、彼の仕業だったんです。本人がそう言いました」

「だろうな。わかっていた」

「そうだったんですか……。あれは、脅しだったんです。これ以上わたしが研究を続けるなら、次こそは先生を殺すという脅し……」

「皇太子の彼が研究を邪魔する理由は、なんなんだ」

「わたしたちの研究が、彼が叡理《エーレ》国を合併するのに障害となる、ということです。花火は、水気技術の粋を集めた結晶。全世界が注目する最先端技術です。だから、わたしたちが国際大会で優勝して、叡理国が技術立国として自ら歩む道を選ぶきっかけとなったら、彼は困るんです。叡理国を併合することが難しくなりますから。彼は、本当に大叡理帝国の再興というものを夢見ているんです」

「みたいだな。会ってみておれもそう思った」

「会ったんですか⁉」

　驚きの中には、ある種のおそれが潜《ひそ》んでいた。自分の周りにあるものが次々と崩されていく恐怖なのだろう。

「ああ。こないだベンチに座ってたら、いつの間にか横にいた」

「な、何かひどいことされませんでしたか？」

「いや、別に……ただ、おまえのことを妻と呼んだので、ひどく驚いた」

「そうなんですか……」

「……事実なのか？」

「……つまりそれが、話さないといけないことの二つめなんです」

エルフェールはどこか観念したように言った。

「もちろん、まだ妻ではないんですけど……向こうがこちらの王室に申し入れてきただけの段階なので。大叡理帝国を再建するには、叡理国と蘇格国の王家が平等に結合されるのが、一番手っ取り早いということなんでしょう。でも、その相手が毎日技術院で汗と油にまみれてるのが世間に知られたら、何かと困るというわけです。だから、爆発事故まで起こして、わたしを研究から遠ざけようとしたのに違いありません」

「なるほど……ね。で、おまえ自身は、その結婚をどう思ってるんだ」

意外なことを訊かれたように、エルフェールは目を白黒させた。

「喜んでるとでも思うんですか！　嫌だからこそ、こんなに悩んでるのに……ひどいわ。昔、あの人にはひどいことを言われて、わたし彼を心から憎んでるんです！　それなのに……」

「……悪かった」

「謝り方が不誠実ですっ！」

「……ごめん」

「だいたい、従兄弟との結婚ですよ⁉　王家の中では、むしろ推奨されてることみたいだけど……」

ちょうど古代の皇室のようなものか、と倭人のネルは思った。できるだけ血統を閉鎖することで、長い歴史の波を乗り越え、生きながらえてきたのだ。

シュゼールとエルフェールの顔が似ているのも、そうした血の濃さゆえか。ただ、近代人には生理的に受け付けにくい考え方であるのは確かだった。進歩的な考えを持ったエルフェールには、なおのことだろう。

「年頃の娘は他にいないのか。王室には」

「未婚の女性は、わたしぐらいしか残ってません」

「そうか……困ったな。しかし、いまどき政略結婚なんて時代でもないだろうに……」

「わたしだって、そんなの絶対にいやです」

エルフェールは怒りに身を震わせて言った。ただ、怒りは彼女の代名詞だ。調子が戻ってきたと見てもよかった。

「……それにしても、おまえみたいなやんちゃ娘が肩を抱かれても黙ってるので驚いたよ」

「あ、やっぱり見られていたんですね……。あのときは脅されてましたから……って、あ、ふうん。先生もヤキモチ妬くことあるんですね」

覗くような視線をエルフェールはネルに向けた。

「大丈夫、まだヘンなことはされてませんもの……なんちゃって」

エルフェールはおどけたように笑ってみせた後、ふたたびまじめな表情を取り戻して続けた。

「……何より、わたしは彼を子どものころから憎んでるんです。さっきも言いましたけど……。結婚なんて、従兄弟じゃなくても……冗談じゃないわ」

「……憎む？」

「ええ、あの人、子どもの頃に、絶対許せないことを言ったんです。いまでもはっきり覚えてますもの。わたしには、永遠に許せない言葉」

思い出しただけで怒りがよみがえってくるのか、エルフェールはかすかに肩のあたりを震わせていた。

「そこまで女性に嫌われる言葉って……後学のためにも教えてくれ」

「なんか動機が不純ですけど……まあ、いいわ。あの人、『女の筋力は平均して男性の七割しかない。

頭も同じだ。女は劣等な生物だ』って言ったんです。わたし、本当に許せない。十年以上も前のことだけど、いまでも思い出すと円周率を数えたくなってしまうぐらいなんです」

なんでここで円周率なのかネルにはよくわからなかったが、あえて黙っていた。

「もちろん、いまは成長して彼も変わっているのかもしれない。でも、子どものときに感じた怒りは、もうわたしの性格そのものにまで溶けこんじゃってるんです」

「……なるほど、それでそんなハチャメチャな性格になったのか」

「誰がハチャメチャですか！」

いつもの元気が次第に戻ってきているようだった。ようやく安心して、ネルはエルフェールに微笑を向けた。

しかし、エルフェールは何ごとか思い出したように、すぐにふたたび沈んだ顔色を見せた。

「でも、あの人、すごく頭は切れるの……。話さないといけないことの三つめは、そのことなんです。そして、それが何より一番大事なことで……前の二つは、どうでもいいことのように思えるような……」

エルフェールの声は少しずつ速度を落とし、やがて消え入るように沈黙の中へと溶けこんだ。

ネルは何も言わない。うながしもせず、彼はただエルフェールを見つめていた。

ややあってから、ようやく王女は決心したように口を開いた。

「彼がいる蘇格国で大会が開かれる限り、わたしたちは絶対に勝てないんです……。だからわたし、みんなに申し訳なくて……わたしがいるせいで……」

「なんで勝てないと言い切れるんだよ。いくら彼でも、真空技術学会の裁定にまで、口出しをしたり圧力をかけたりすることはできないぞ。一応国際学会なんだから」

「それはその通りですけど……彼には策があるんです」

「なんだよ、それは」

ネルの問いに、エルフェールはふたたび口ごもって視線を下に外した。

「気にするな。なんとかできるかもしれないし」

それでもエルフェールはしばらく躊躇っていた。が、迷いの後にようやくまなざしを上に戻し、かすかにくちびるを開いてそれを話した。

「雨……です」

「…………」

ネルは低いうめきを洩らした。

「なるほど……そうか……雨、か」

「ええ……」

「そういう手を取る……か」

雨は、花火にとって致命的だ。

導火線が湿る、といった原始的な理由からではない。

花火の炸裂する瞬間に表面が雨に触れると、ひどい外乱が生じ、それが光変換に大きな影響をもたらすのだ。黄色よりも低質の花火だと、すべて可視光線にも届かなくなってしまうぐらいなのである。昔からこの影響を避ける研究がいろいろとなされてきたが、めぼしい効果が得られたものはなかった。

「雨か……そうか……それは困ったな」

水気技術の進歩により乾期にさえも霧雨を降らせることができるいま、大会でネルたちの打ち上げ時に雨をもたらすのは、皇太子のシュゼールにはたやすいことだろう。考えてみれば有り得る策だったが、思い至らなかった。悪意を悪意として推測することは、意外に難しい。だからこそ、暗殺やテロといった手段はいつの時代でも有効なのだ。

「人工的な霧雨の場合だと、雨の影響を無視できなくなるのはどのぐらいの直径になる？」

雨による外乱の影響は、球殻面積の二乗に比例すると言われている。

　そのため、小さければ外乱の影響を減らせる、というわけだ。小さい花火をうまい発想で組み合わせて何とかならないか……ということをネルは思い立ったのだった。

「ちゃんと計算しないと正確には言えませんけど……たぶん、直径10糎《センチメートル》も超えれば、もうダメです」

「10糎《センチメートル》か……それじゃあ、どうしようもないな。蠟燭《ろうそく》の代わりにもならない」

　最後の望みを絶たれて、ネルは重く首を振った。

「ごめんなさい……わたしのせいで……」

　なんともいえない悲痛な影を横顔に走らせて、エルフェールは言葉を途切れさせた。ときどきひどい無茶をする過激な王女だが、やはり悪意を読み切ることができない善良な人間なのだ。

　ネルは、真剣に考えた。いま自分がどのように言えば、どのように相手の心が動くのか。これほど女性の反応を本気で考えたのは、はじめてのことかもしれなかった。

　そして、結論として言った。

「なんだ、たかだかそんなことだったのか」

　ばかにしたような声で、あえてそう告げたのだった。

「な……」

　エルフェールは憤然となった。当然だ。苦しみから逃れたい気持ちを込めて、彼女は真剣に話した。しかし、それに対してネルは、あえて「そんなもの、くだらない」とでもいった態度を示した。

「ひどい！　こんなに本気で苦しんでるのに！　人でなし！」

「で、何が苦しいっていうんだ」

「だって、わたしのせいで、研究がぜんぶダメになっちゃうのよ！　みんなが死ぬ思いで一生懸命努力した結果が！　わたし一人のせいで！」

「そうだ、おまえのせいだ」

　胃の痛む思いで、断言する。

「え……」

「すべておまえのせいなのは、確かなことだ。だったら、責任だけはとってから辞めろ。迷惑をかけられたまま仕事をほったらかして逃げられるのは、腹が立つ」

長い沈黙が流れた。

だが、ややあってエルフェールがふいに、くすりという小さな笑いを洩《も》らした。唐突な笑い。

「……さすがにもう、騙《だま》されません。その手には引っかかりませんよ」

エルフェールの目からは、すでに怒りの炎は消えていた。優しい光ばかりが残っていた。

「わたしを怒らせて、前を向かせようとしてくれてるのでしょう？　でも、もう騙されないわ」

「……そうか」

「だって、先生がわたしを理解してくれているのと同じぐらい、わたしも先生のことがわかってきたつもりなんですもの」

嬉しい言葉ではあった。しかし、失敗してしまった。やはりうまくないな、とネルは反省した。当然だ。人の心をそう簡単に操縦することなど、自分にできるわけはない。

「でも……前を向かせてくれようとしてるということは、まだ前を向くだけの材料がある、ということなんですよね？」

「……ああ」

「何か、まだ手は残ってるんですか」

「一つだけ、な」

「……それは？」

「これから考える、という一手だよ」

エルフェールは困惑した顔を見せた。解決に向かう指針を聞かせてもらえると思っていたのだろう。だが、そんな都合の良いものがあるわけはない。ただ、考えるという一手のみ。この対処のみが、研究に明け暮れる者に残されたすべてなのだった。

「……そんないい加減な」

「いい加減じゃない。敵が雨で来るって判ってるんだ。じゃあ、それ一つの対策を考えればいい」

「あ……」

「雨対策の研究をすればいい。そこで闘えばいい。それがおまえのやり方だろうが。あと九ヶ月もある。厳しいけど、間に合わないことはない」

「でも、いままでいろんな人がやって、良い結果が得られなかったことだし……」

「だから、やらないのか。人ができないから、自分もやらない、か」

けしかけると、エルフェールの目に負けん気の火が戻った。負けず嫌いの彼女には、我慢ならない言葉だったのだろう。

「やります！　やればいいんでしょ！」

しかし、すぐに弱気も戻ってくる。

「でも……本当にわたしにできるのかが……」

二つの間でそうして揺らぐのは、彼女らしい姿でもある。高低のはげしさは、彼女の一面だ。ネルはむしろほっとした気持ちになった。

「おまえのヘンな頭だったら、そのうち何か思いつくだろ」

「誰がヘンですか！」

「じゅうぶんおかしいだろ」

「どこがおかしいっていうのよ」

「……だいたい、背中があんなに筋肉でごつごつした女ってのからして、相当ヘンだ」

「毎日毎日、死ぬ思いで体力研究させられてるからです！　前はもっとほっそりしてたんですもの！」

エルフェールは真っ赤になって反論した。そして恨みっぽい目をネルに向ける。

「責任とってもらいますからね！」

どうしろと言うんだとネルは答えたくなったが、元気に怒っているようなので、放っておくことにした。

「まあ、結局のところ、おれたちにできることは一つ、だよ」

「……自分たちの研究を命懸《が》けで頑張ること、ですね！」

「まあ、命まで懸けることはないけど」

苦笑してネルは答える。

情熱が戻ったエルフェールからは、翳りが消えていた。懸命に消そうとしているだけなのだろうが……。ただ、ようやく彼女らしい明るさが戻ってきたことには違いない。

「だって、先生は命を狙われてるかもしれないんですから、やっぱり命懸けですよ」

「ああ、そういえばそうだな……」

「でも、心配しないでください。今日からわたし、先生の護衛もしますから！　先生ん家に泊まり込んでお守りします！　これでも、護身術についてはちょっとしたもんなんですよ」

警備員を数人殴り倒して乱入してきた時の姿が、ネルの記憶によみがえった。確かに、そんじょそこらの暴漢なら、簡単に倒してしまうぐらいの技術は持っているのだろう。

「うーん、しかしそれは道徳的にちょっと……」

「じゃ、今日から研究室で寝泊まりしてください。もちろん、夜間の外出は禁止です。お手洗いやお風呂に入るときも、わたしに一言断りを入れてください。お昼に外で用事があるときも、わたしの許可制にします。とにかく、わたしの目の届くところにいてください。いいですか？」

「……わかったよ」

ネルは観念して頷《うなず》いた。嫌だと言っても聞き入れるような性格ではないのだ。面倒なことは忘れて、ネルはすぐに話を戻した。

「しかし……それにしても話が大きくなってきたなあ」

「そうですか？」

「王女のおまえは政略的ないざこざなんて慣れてるのかもしれないけど、おれは一般人だからな。学会主催のイベント一つが、国家の進む方向を左右する一要素になってるってのは、今ひとつ実感が湧かない」

花火は、最先端の技術。優勝すれば新聞各紙でも大きく報道されるだろう。叡理国は技術立国として進むことを選択すべき、という世論が強くなるのも容易に推測される。そうした世論は併合の邪魔になるという話も理解できる。

とはいえ、一研究者たる自分が、国家併合を狙う隣国の策謀に巻き込まれている、というのは、なかなか現実感を持ちにくいことだった。

「でも、これに勝てなかったら研究室もなくなるし、わたしも政略結婚しなきゃいけなくなるかもしれないんですよ。そこのあたりには、実感持っててください」

「そうだな……真剣になるしかないな」

ネルは腕を組んで思考に入った。

これはもう、研究室の全員が総掛かりでやるしかない。エルフェールに研究者としての経験を積ませる、というようなことを慮《おもんぱか》っている場合ではないだろう。

「ユウにも今年は花火のほうに回ってもらおう。絶対に勝たないといけない」

エルフェールがふたたび下から覗くような悪戯《いたずら》っぽいまなざしをネルに向けた。

「それは国のためですか、それともわたしのためですか」

「おれは国のために頑張るような人間じゃないよ」

「じゃ、わたしのためなんですね！」

「研究室のためだよ」

エルフェールは不満げにくちびるをとがらせた。そうした仕草は、いつもの彼女そのものの姿だった。

「まあ、負けたら逃げるか。これでも一応、各国から引く手あまただしな。逃げ場には困らないし」

「どこかの研究所に入られるんでしたら、わたし、また追いかけます！」

「……わざわざ追いかけてこなくても、もらった首輪つけて引き連れて行くよ。いないと困るからな」

「やった！」

　飛び跳ねるようにしてエルフェールは喜んだ。

　思えば、はじめて技官として採用したときも同じような反応だった。

　つい数カ月前のことなのだが、ネルはずいぶんと前のことのような気がしてならなかった。それだけ研究室にとっても自分にとっても、彼女の存在は大きかったのだろう。逃げるときは首輪をつけてでも連れて行く、と言ったのは、なかば本気のことなのだった。

20

　そして時は――

　研究者の体感としては、まったくおそろしい速さで九ヶ月が過ぎていった。

　季節は、三月の早春である。

　いまのところ、エルフェールは技術院からの処分を保留されている。ただ、それは今年度のみのこと。今年度が終了するまでに爆発事故が人の手による犯行であったことが証明されなければ、彼女は技術院を辞さねばならない。

　ただ、そうしたことを忘れようとするかのように、研究室のメンバー全員は研究一つに打ち込んでいた。悩んでいても仕方がないのだ。いまは、花火大会で優勝することが最優先だった。

　およそ九ヶ月の月日は、表だっては、きわめて平穏に流れた。

爆発事故もなく、外部の妨害らしき事件も起こらなかったのだ。研究上でのトラブルは多かったが、努力と気合いで解決できる問題ばかりだった。

半研落ちでシュテリアン研究室の配下に入り、この装置を大っぴらに使用できるようになったため、研究自体はむしろ順調に進んだとさえ言えた。雨対策についても、一定の成果は得られている。

いわば、不気味な平穏だった。

シュゼールの目的は他に移ったのかもしれない。国家を率いる者には、対処せねばならぬことが無数にある。その中の一つぐらいは、簡単に放棄することもあるだろう。

そうネルは思いたかったが、もう一つの可能性が不安となって胸をよぎるのもまた事実だった。

向こうが妨害してこないのは、妨害しなくても勝てると確信しているからなのかもしれない。

こちらは『雨』の対策をしてきた。

だが彼は、それを見越してさらなる策を講じているのかもしれない。

それは、研究室の誰もが心の内で抱えている不安だった。毎日の研究の合間にふと浮かぶ影は、ネルやエルフェールに限ったものではなかった。

「彼の良心を信じたいところでもあるな……」

策謀に長《た》けた男だとはいえ、必死で重ねてきた人の努力を嘲笑《あざわら》い、無にするようなことは、いくらなんでもやらないと考えたかった。甘いと言えば甘いのかもしれないが、研究者としてはやはり、政略のためにそこまでする心情というものには、想像が追いつかない。

――いや、もうやめよう。明日はもう出発だ。あれこれ悩んでいても仕方がない。

実験室の扉に手を掛けた。ネルは頭の中の霧を振り払って、皇太子関連のことは忘れ去ることにした。

「きゃっ！」

扉を開くと同時に、ものすごい勢いで内側からエルフェールが飛び出してきた。よけることもできずに、ネルはエルフェールの額をあごで受ける。

一撃で意識が飛びそうになり、ネルは壁に手をやってよろめいた。

「痛った……あ、先生、たいへん！　たいへんなんです！」

「たいへんなのはお互い様だって……あのな、もうちょっとぐらい、おしとやかにはできないのか」

あごをおさえたまま、ネルはうんざりとしてこぼした。

「そんなことはどうでもよくて！」

エルフェールは地団駄を踏むように飛び跳ねて訴えた。

「あのね、花火を輸送する保冷庫の温度がね、なんか安定しないんです」

「……この期におよんで、まだトラブルがあるか……」

トラブル続きだった研究の過程をあらためて思い出し、ネルは重く息を吐いた。

ただしそれは、ある意味楽しい種類のため息だった。こういった、純粋に研究的な問題は、いくら苦しいものであってもやはり楽しいのだ。

「保冷庫の温度は？」

中に入ったネルがエルフェールに訊くと、装置の近くから「まだ5度です！」というグリンゼの叫びが届いた。彼女も、この最終追い込みで数日は睡眠も入浴も取っていないらしく、表情からして殺気立っている。できるなら近づきたくない形相だ。

「エル、温度が4度から1度上がると、寿命はどれぐらいになる？」

「1日プラス……えーと、2時間23分弱です！　26時間23分。その時点で明度が1／√2になります」

大会は明日の夜だ。26時間では間に合わない。汽車の時間を遅らせて、水を詰め直すか……。保冷庫の裏面を開いて機械的な調整をしているユウに、ネルは尋ねるような視線を向けた。

「汽車の時間は変更できませんよ。今日の一〇時の便に乗らないと、時間までに会場に着きません」

いつものようにユウはネルの表情を読んで、先に答えた。

「うーん、保冷剤が足りないというわけじゃないと思うんだが……。もう氷でもなんでも満タンに詰めてしまえ」

「そんなことしたら、逆に温度が下がりすぎちゃうでしょう！　重すぎて運び出せなくなるし！」

エルフェールとグリンゼが、同時に凄みあふれる顔でネルに食ってかかった。二人とも、もう疲れの雰囲気と汗が湯気のようになって、身体から立ち上っている。ネル自身もここしばらく眠ってはいないのだが、やはり現場で常に緊張にさらされている彼女たちの疲労は、質が違う。冗談の通用するような状況ではないのだった。

「そんなの、根性で運べよ。エルはそういうの得意だろ」

「じゃあ自分でやれ！」

エルフェールとグリンゼの二人は同時にネルの服に摑みかかり、同じ叫びを叩きつけた。よほどせっぱ詰まっているらしい。

まだ経験が少ないので、なんとかなるさ、と余裕を持てないのだろう。しかし、それは好ましい若さであり、みずみずしい発想と情熱の源となる幼さでもあった。

「よし、これでどうですか？」

スパナ片手に何やら作業を続けていたユウが、保冷庫の裏側から声を掛けてきた。

「内装に亀裂が入ってたので、とりあえず粘土で封止してみました。これで大丈夫なんじゃないかと思うんですが」

「え……」

エルフェールとグリンゼは保冷庫の温度計をむしゃぶりつくようにして確認した。温度は4度。もっともエネルギー損失が少ない値だ。

二人は手を取り合って喜びの叫びをあげた。

「やった！　さすがユウさん！　先生とは大違いだわ！」

「………………」

抱き合って飛び跳ねる二人の娘を前にして、ネルは苦笑するしかなかった。

ただ、エルフェールはともかく、あの冷静で無表情なグリンゼが目を潤ませて喜んでいるのを見ると、自分までしみじみとした感動に満たされてくる。

これは、絶対に勝たないといけない。

一年分の疲労を背負ったまま喜びの涙を浮かべている二人……研究室の存続云々や国家のことなどよりも、彼女らの想いの方が大事なように思えた。無駄にするわけにはいかない。

「さて……じゃあ、後はもう忘れ物とかはないか？」

「そういうのは、先生が一番心配ですよ」

抱き合っていたエルフェールが、ようやく身体を離してネルに返答を投げ返した。

「そうか……じゃ、そろそろ出陣するとしますか」

「はい！」

またも声を揃え、エルフェールとグリンゼが元気良く奮《ふる》って答えた。いいコンビになってきたな、とネルは思わず目を細めた。

21

蘇格国《ソケール》の首都、以典《エデン》。

大不列島《フレア》東岸に位置する大都市である。

長い歴史を持つ古都であり、かつ現在の蘇格国の政治の中心たる王都でもある。その両面性を表すように、市街は北西の新市街と南東の旧市街に二分されている。新市街は、人口増加に対応するために十八世紀に建設された地区で、道路がチェス盤のように東西南北へと整備された近代的な雰囲気を持つ。対照的に、旧市街は地形が立体的で道が入り組んでおり、全体像を把握しづらい地区だ。ただ、訪れて愉しいのは旧市街である。切り立った崖の上に建設された以典城など、興味深い歴史的建築物が多い。

今年の国際大会は、この蘇格国首都・以典で開かれる。

審査の会場は——


郊外を流れる河の岸辺に特設会場を開き、観衆は対岸で花火を鑑賞するという形になっていた。

このことはすでに参加要項として参加者全員に伝えられている。つまり、参加者は皆、対岸から見たときの形を想定して花火の開発を行ってきているわけだ。

「先生、順番が最後って、なんか嫌な感じですね……」

冷えた手を息で温めながら、エルフェールが不安げにネルへ話しかけた。

同じ不安は、ネルの中にもあった。

発表順は、蘇格国の以典大学のグループが先頭を切り、その後、大陸各国からの一四の作品に続いて、ネルたち叡理国《エーレ》王立技術院の発表が最後となっていた。蘇格の以典大学は、かつてシュゼールが学生として所属していた大学でもある。いまも、シュゼール肝いりの研究を行っている研究室が多数存在し、今回の花火に至っては、彼自身が研究の指針を与えているという噂もある。

　その以典大学が先頭で、自分たちは最後。

　ネルも、何か作為的なものを感じずにはいられなかった。学会の裁定にまでは口出しできなくても、発表順ぐらいは操作できたのか。あるいは……考えたくないが、審査員の買収といった工作まであったのかもしれない。

「所詮おれたち研究者には、自己の努力を信じることしかできないな。研究者の手というものは、政治までは届かないようにできてる」

「……ですね。でも、政治まで届いたら世の中おかしな方向に行っちゃいそうだし、それでいいんではないでしょうか」

「だな。負けたら、いさぎよく逃げるか」

「冗談じゃないわ、負けたくない……みんなあれだけ死ぬ思いをしてきたのに」

　負けん気を全身にみなぎらせて、エルフェールは夜空を見上げた。彼女の言葉に、グリンゼが無表情に頷《うなず》いて口を開いた。

「それに、研究室がなくなるなんて嫌だわ。国はなくなっても構わないけど……わたしにはいまの研究室しか居場所がないんだから」

「あなたも、先生と一緒に逃げちゃえばいいじゃない」

　空から視線を落としたエルフェールが、不思議そうにグリンゼを見た。グリンゼは諦めたように首を振る。

「わたしには、親を捨ててどこか遠くの国に行くなんてできないもの」

「……そう」

　エルフェールは、おそれを吐き出すように語気を強めた。

「じゃあ、やっぱりなんとしても勝たないといけないわね」

「……ええ」

　静かな返事の中に、秘められた闘志。エルフェールとは真逆の性格に見えるグリンゼだが、芯の部分ではかなり似通っている。

「ところで先生、今回はどうしてユウさんは来てないんですか?」

「ああ、今回はあいつは留守番だ。ちょっと用事があってな」

「ふうん、へんなの」

会話が途切れると、水を含んだ夜風が静寂を運んできた。

周囲のざわめきも、静まりはじめている。

最初の打ち上げが迫っているのだ。国や組織を代表して来た研究者たちの緊張が無数の糸となって、あたりを縦横に走っている。勝ちたい事情を抱えているのは、自分たちだけではない。

しかし、その中でも最も強い意志と情熱を、いまのエルフェールたちは持っている、とネルは信じていた。

静寂が広がる。

対岸の観衆も、いよいよという雰囲気を感じ取ったらしい。酒や食べ物を口に運んだりしている手を止め、対岸の空を見上げはじめた。

そしてその静けさが頂点に達した瞬間、唐突に砲の爆発音が響き渡った。

ひゅるるという笛の鳴るような音。

光の尾を引く水の塊が、空へと舞い上がった。

見上げる人々の視線を集め、塊は空中で頂に達し、そこで炸裂した。

あふれ出る光——

「青だ!」

驚愕の声があたりから湧き起こった。青……今後五年は到達不可能とまで言われた青色光。

あらゆる研究者が憧れるその光が、いま目の前ではっきりと輝いている。

しかし、蘇格の花火は、それだけでは終わらなかった。

続く二発目の花火が発した光の色に、ネルは一瞬言葉を失った。

「……白、か」

動揺が、顔に出た。心の動きはすぐにエルフェールやグリンゼに伝わり、彼女たちを大いに取り乱させた。

「先生……白って、やっぱりそんなに難しいの?」

ネルの袖を引いて、エルフェールが不安げに問いかけた。

「まあ、な。まず、青が実現されていないと、不可能だから」

白色光を作るには、青・緑・赤の三色を混ぜ合わせなければならない。逆に言えば、その三色が実現できているのならば原理的には可能なのだが……。

「しかし、想像してみろ。絵の具を混ぜるわけじゃないんだ。光の指向性によって、色ムラが生じる。普通に三色光らせただけだと、単なる色とりどりの花火になってしまうだろう。観衆の目に白く見せるには、途方もない解像度が必要だ」

「そうか……そうよね。人間の目をあざむく解像度……か。ユウさんのテレビジョンの研究でも、そういう話ありましたね」

エルフェールは遠い目をして夜空を眺めている。不安と、新しいものに触れた喜び。その狭間に漂っているように見えた。

白色光の真価には、観衆はあまり気づかないだろう。詳しい知識を持った審査員向けの作品と言えた。

しかし、だからこそ審査員は、大衆受けを狙わない研究者としての『潔さ』に高い評価を与えるに違いない。いっときの動揺は、そこに理由があった。

続いてさらに、三発目の花火が打ち上がった。

花火は頂点で炸裂し、ふたたび白い光を放って……。

さらにそこでもう一度爆発、分裂し、地上に向かって降り注いだ。

砕《くだ》け散った白い光が、はらはらと地上に舞い降りる。

少しずつ少しずつ闇に溶けこみながら、光は氷炎の輝きとともに人々の頭上に広がった。

「雪……」

観衆の誰もが持った感想と感動だった。

一発目で他の研究者を屈服させ、二発目で審査員にアピールし、三発目で観衆の心を奪ったのだ。

もはや、見事な演出というほかはない。

「……厳しいわ」

グリンゼが抑揚のない声で呟《つぶや》いた。

「シュゼールはこれで勝てるという自信があったのよ。だから、あえて妨害もしてこなかったのかもしれない」

「……かもな」

「ネル、わたしは彼らがエルの『線香花火』を真似てくるんじゃないかと思ってました。何かとこちらの研究を監視していたようだったから……でも、向こうはこれだけのものを提示してきた」

「まあ、そんな底の浅い男ではなかった、ということだな」

かすかに頷いてネルは言った。

「敵というものは、こちらと同じ量の思考をしているから敵と言う。おれにも侮りがあったな。策謀だけの人だと、どこかで思っていたよ。花火自体に関しても、これだけの結論を示してくるとは、な。予想外だったよ」

「じゃあ……！」

ネルの苦笑に、エルフェールが噛みついてきた。

「わたしたちには、もう勝ち目はないの？」

「そんなことはない。だいたい、そういう強敵を打倒するから、勝負というものは面白いんじゃないか」

「でも……」

エルフェールとグリンゼは二人同時に俯いて押し黙った。二人とも、研究者としては今回が初陣。不安に押しつぶされそうになるのも仕方のないことだろう。

そこへ、二番目のグループの花火が空に上がった。緑のしだれ柳。

流星のように緑色光が四方へと流れ落ち、夜空を無数の曲線で彩っていく。

火薬の花火では珍しくない形状だ。だが、水気技術による花火では、こういった糸を引くように流れる効果というのは、他に例がない。おそらく球殻の一部分をきわめて薄くしているのだろう。そこから水気が光とともに彗星の尾のように噴出される。そして重みで下へと流れ落ちていくのだ。

色が緑ということもあって、花火によくある無機的な雰囲気を感じさせない、温かみのある作品だった。

以典大学の青や白ほどのインパクトはないが、心に残る素晴らしい花火だった。

「これもすごいわ……派手じゃないけど、何かほっとする感じがして」

「ええ……」

同調してグリンゼが頷いた。いつものように静かな目だ。しかし、自信のなさを懸命に隠していることは明白だった。

「やっぱりみんな、わたしたちの予測なんて及ばないものを作ってるのよ」

冷静な声の中に、弱気が垣間見える。同調したエルフェールが、またさらに弱気になる。

三グループ目、四グループ目と予定が消化されていくごとに、二人は急速に悄然となっていった。二人とも、経験が少ないために、ともすれば弱気と不安に襲われてしまうのだ。

「失敗するさまを想像するなよ。想像すると、必ず実現してしまう」

ネルは二人に向かってたしなめるように言った。

「だって……どれもいままでに見たことのないような作品ばかりなんですもの」

少しいじけたような口調でエルフェールが反論した。負けたくない気持ちが負の方向に流れている。

「まあそうだけど、それでおまえたちが作ったものの価値が変わるわけじゃないだろ」

「でも……だって」

「大丈夫だって。審査の時もそうだったじゃないか。おれの指導を信じろ」

「そうかな……」

ようやくエルフェールの目にある期待が、おそれを上回りはじめた。緊張が消え、生まれ持った勝負根性が希望を浮かび上がらせる。わくわくとした思いが、表情に出る。エルフェールに引きずられるようにして、グリンゼの顔にも望みの色が戻った。

そうして二人を励ましているうちに、予定は順調に消化されていく。

次第に、ネルたちの順番が近づいてくる。

しかし――

最初の打ち上げから二時間ほども経った頃、唐突にそれは起こった。

「先生……」

それまで自分の順番を心待ちにしている顔を見せていたエルフェールが、ふと夜空を見上げて不安を口にした。

「空が……もしかして」

エルフェールの表情は、緊張からではない曇りに満たされていた。その隣にいるグリンゼも、まったく同様だった。

彼女たちに指摘されるまでもなく、ネル自身も『それ』には気づいていた。

空の雲行きが、急速にあやしくなってきていたのだ。

大会の開始時には星の一つ一つまで見えていた夜空だった。それがいま、会場の頭上のみ、底のない暗黒の雲に覆われている。人工的に作られた雨雲の可能性は高かった。

そして、それは皇太子シュゼールが策を行った結果なのに違いない……。

ネルは目を鋭く細めて空を睨《にら》んだ。

「いえ、だいじょうぶ……だいじょうぶよ。そんなひどいこと、本当にやるわけないわ」

無理に笑ってエルフェールは首を振った。

希望を抱えて空を見つめる王女の頬に、水滴が落ちた。雨の先走りであることは間違いなかった。

霧のような雨が続く。

水気技術を利用した、人工の雨。

花火の大会は、雨天順延というわけにはいかない。純水に貯蓄されたエネルギーが、一日も経てば大きく劣化してしまうからだ。みな今日という日に性能を調整して、花火を準備してきているのだ。

雨に祟られたグループは、運が悪かったとして諦めるより他はない。参加要項でも、雨天の場合は、三分の二以上の参加者が消化された時点で大会は成立する、と決められている。

そして、参加一六団体のうち、すでに一三団体は打ち上げを終了していた。

花火の審査は成立する。残るはネルたちを含めた三団体。他の二団体の研究者たちも、ネルたちと同じように恨めしげに空を見上げていた。

「そんな……どうして……どうしてこんなことをするの？」

「落ち込んでいる暇はないぞ。このために、対策をしてきたんじゃないか」

「わかってます。でも……明度が落ちちゃう。以典大学のあんなすごい花火と較べられたら、どうしても見劣りが……」

「考えるな！　いますぐやれ！」

ネルは励ましたが、事態はさらに悪化しようとしていた。

あろうことか——

はじめに気づいたのはグリンゼだった。

「ネル、雨が……。そんな」

雨の勢いが増してきていた。霧雨が、大粒の雨となろうとしていたのだ。

ありえないことだった。人工的な降雨で、ここまで強い雨が降ることは考えられない。ということは……。

「……これか」

はじめてネルは唇を噛んだ。

——これがシュゼールのさらなる策……。

雨を降らせる技術についても、彼は研究開発させていたのに違いない。これまでは、霧雨しか呼ぶことができなかった降雨技術。シュゼールはそれをさらに発展させて、本格的な雨を呼ぶまでに技術向上させたのだ。

「そこまでやるのか……花火大会一つのために」

エルフェールが、膝から崩れ落ちるように川縁にへたり込んだ。

「ひどい……ひどいわ……」

憎しみのまなざしは、はっきりと対岸のシュゼールへと向けられていた。

「みんな、あんなに一生懸命作ってきたのに……ひどい。どうして……どうしてこんなことをするの⁉」

行き場のない問いかけは、そのまま霧の雨に溶けて消えていった。その背に、グリンゼが幼い子どもをなだめるようにそっと手を置いた。

「アーフィン、雨よ。身体に障るわ……もう戻りましょう」

「……だって、まだ先生のところの発表が」

車椅子に座って対岸の空を見つめたまま、アーフィンはすがるようにして母に答えた。赤いワンピースの上に分厚いコートを何枚も重ね着してもなお、身体は寒さで震えている。でも、そんなことは今はどうでもよかった。

すでに周囲の観衆は、続々と家路につくなり、近くの店や建物に入るなりとしている。未練をもってまだ空を見上げているのは、もう彼女ひとりになっていた。

「雨が降ったら、花火は光らない。アーフィンもよく知ってるでしょう?」

「でも……」

　認めたくなかった。先生ならなんとかしてくれる。祈るようにアーフィンは手を結んだ。

「だめよ。手術に響くようなことがあったらどうするの?」

「だって……」

　たったひとつの物語が崩れたら、あとはもう悲劇的な結末に向かうほかはない。アーフィンはそう訴えたかったが、自分の心の中でのみ成り立っている約束を、人に信じてもらえるとも思えなかった。

「お願い……もう少しだけ」

　体温が下がってきているのは自分でもわかっていた。長くいるほど、命の蠟燭が短くなることもわかっている。

　諦めたように母は首を振って、傘を探しにアーフィンの側を離れた。

　無理やりにでも自分を戻そうなどとはしない母を見て、アーフィンはふいに、やっぱり、という思いを持った。

　——やっぱり、望みのない手術なの……?

　そんなふうに思ったのだ。少しでも寿命を延ばすためだけの……。

　もしそうならなおさら、諦めてこの場を離れてしまうのは嫌だった。


　潮の引くように観衆が下がっていくさまを貴賓席から見下ろして、シュゼールは軽く酒杯を傾けた。歓喜の杯とまではいかない。年代物の葡萄酒《ぶどう》は、どこか口に苦くもあった。

「ミュール、こう見えてもおれは、謀略はさして好きではないのだ」

「……存じております」

「弱い者が手を取り合って邪悪の王を倒す。信頼する友とともに戦い、栄光を勝ち取る。そういう物語には、おれも感動する。だが……」

シュゼールは夜空を睨んだ。本降りになってきた雨が、あたりの視界を覆っていた。

「感動というものは庶民に与えられた特権であって、おれたちが楽しむべきものではないわけだ。つまるところ、な」

それは、シュゼールの信念の一つだった。求めるものが大きいほど、人間として捨てなければならないものも多くなる。皇太子たるシュゼールには、小さくささやかな感動というものは必要ではなかった。

「心得ています」

ミユールの返答は、やはり鋼鉄のような義務の意志を帯びている。その媚びない凍《こ》てつきようは、シュゼールの耳にいかにも心地よかった。

「……帰るか」


ネルはエルフェールの背に静かに声を掛けた。もうことがここに至った以上は、泣き崩れていても仕方がない。早めに今後のことを考えておいたほうがいいと思えた。もしもエルフェールが望まぬ結婚をさせられるとなれば、罪に問われても連れ出して逃亡する。それぐらいの覚悟はできていた。

「そうよ、エル。もう終わったのよ」

「でも……」

まだ諦めきれないまま、エルフェールは川辺の土を握りしめている。地面に突き立てられた爪から血がにじんでいた。

「さあ、立って」

エルフェールの肩に手を掛けて、グリンゼが彼女を立ち上がらせた。グリンゼも同じように打ちひしがれているに違いないのだが、それでも彼女は無表情だった。自分の思い通りにならないことに、おそらく彼女は慣れているのだろう。頬に漂う諦めの翳りが、ネルをかえって苦しめた。

「ビゼンセツリ先生」

　唐突な呼びかけに振り向くと、少し離れた場所に金髪の若い男性が金属の容器を手にして立っていた。小さいドラム缶のような容器である。

「ディール先生……大会においでだったんですか」

「無論でしょう。技術院の教授や講師の方々は、たいていいらっしゃっておられる」

「すみません……皆さんのご期待に応えることができませんでした。研究員たちはよく頑張ってくれたんですが」

「ビゼンセツリ先生、そのことだが……」

　ディールは手にした容器を差し出して言った。

「これを使われるとよろしい」

「……これは？」

「うちで数年前から研究していた塗料です。表面に塗布すると疎水《そすい》性の膜が形成され、水をはじく。また、炸裂の瞬間には一気に揮発《きはつ》して周辺の水滴を取り込み、拡散する。つまり、炸裂の際に外界と内部を厳密に分ける境界壁となる。雨よけとなるばかりでなく、光変換の効率向上にも役立つという代物です。まだ試作段階なので発表はしていませんでしたが、この程度の雨量なら、お役に立てるはず」

　容器の中は、黒っぽいゲル状の液体に満たされていた。

　ネルにも聞いたことのない塗料だったが、ディールの研究室ではずいぶんと前から研究に入っていたものらしい。論文に出た記憶がないことからして、政府関連あたりから依頼された極秘の研究だったのだろう。それを、ディールはネルに明かしている。

「ディール先生、何故このようなものを、こちらまでお持ちだったんですか」

「蘇格の以典大学が参加すると聞いた時点で、こんなこともあるだろうと思っていましたのでね。皇太子シュゼールなら、このぐらいのことはするだろう、と」

「……なるほど」

「ビゼンセツリ先生、悪意は悪意をもって推測せねばなりませんよ。人の最悪の意志というものは、良心では量れないものだ」

端整な顔をかすかに歪《ゆが》ませて、ディールはやはりどこか芝居がかった口ぶりで言った。そういった饒舌《じょうぜつ》が彼の癖であり、個性なのだろう。その俳優っぽい表情や口調を崩すことなく、ディールはさらに続けた。

「正直なところを言えば、私は今も東洋人や女が研究職に踏み込んでくるのを好まないが……それ以上に、私は国を愛している」

「……ありがとうございます」

「礼は不要。急ぎたまえ。観衆のいない場所での花火には、意味がない」

「はい」

ネルは塗料の入った缶を手にし、エルフェールとグリンゼの二人を連れて、打ち上げ装置のほうに足を向けた。

「ビゼンセツリ先生」

最後にもう一度、ディールがネルに向かって呼びかけた。

「……王立の誇りを、見せてやれ」

最後まで誇りと形と格好にこだわる男だった。ネルは微笑で答え、娘二人の背を押して走り出した。

打ち上げ用の砲では、すでに撤退の準備に入った職人たちがあわただしく左右に動き回っていた。砲にはすでに覆いがかぶせられている。

即刻ネルは大会委員に事情を説明し、順番の繰上げを申請した。

奇妙な願い出に怪訝《けげん》な表情をしていた委員だったが、懸命な訴えに動かされたのか、ほどなく職人たちに打ち上げ準備に入るよう指示を下した。

「しかし、この雨で打ち上げてもよ……」

砲に取り付いていた職人の一人が、面倒げに応じた。

「お願いします、雨でも影響のない花火なんです」

「そんな話、聞いたことないぜ」

　近くでは、エルフェールらが刷毛を手にして、懸命に花火を黒く塗り固めている。彼女たちの人生がかかってるんです、とネルは訴えたかったが、熱情を押しつけるとかえって相手に鬱陶《うっとう》しがられてしまう。

「私たちの打ち上げで終わりなんです。あと一回だけ、お願いします」

「そう言ってもよぉ。もうあらかた片付けちまったしな……」

「後の片づけは、私たちがやります」

「ちっ……しょうがねえなあ……」

　粘り強い熱意に折れて、職人は砲の覆いを外した。渋々といった仕草だったが、ネルにはそれで十分だった。

「おおい、最後にあと一回打ち上げるんだとよ。手伝ってやれ」

　呼び声にしたがって、周辺の職人が打ち上げ装置の準備に取りかかった。みな一様に訝しげな顔をしている。しかし、やはり熟練の職人。作業に淀《よど》みはなく、正確だった。

「エル、塗布は終わったか？」

「はい！　でも、こんなので本当に大丈夫なのかしら……」

　不安は抱きつつも、期待に胸を膨らませている表情。それとは対照的にグリンゼの方は、最悪の結果を念頭において、期待しないようにしている様子だった。二人の育ちの違いゆえだろう。楽観と悲観。個性のバランスが取れていて、いいコンビだとネルは思った。

「準備終わりました。打ち上げ可能です」

　職人の一人がネルに呼びかけた。

「よし、一つ目の花火を設置するぞ」

「はい！」

　直径50糎《センチメートル》はある花火を一人で抱え、エルフェールが元気良く答えた。水の質量だけでも、60瓩《キロ》ほどはあるはずだ。それを苦もない顔つきで抱える王女。もう今後はなるべく逆らわないようにしよう、などとネルは心に誓った。

エルフェールは静かに砲の入り口に花火を下ろし、丁寧に底まで押し入れた。

彼女の作業が終わると同時に、砲が空に向けられる。

程なく続く、導火線の音。

息詰まる永遠の時――

爆発。

降りしきる雨の中、黒い球殻が空へと舞い上がった。

直後。

「おお！」

職人たちから驚愕の喚声があがった。

炸裂の後、雨の夜空に、力強い黄色の輝きが広がったのだ。

「やった！」

エルフェールが飛び上がってグリンゼに抱きついた。王女に抱きつかれたグリンゼのほうも、ようやく悲観の翳りを消して、喜びの笑顔で空に見入っていた。

すでに帰途につきはじめていた研究者たちも、皆その足を止めて空を見上げている。恐怖に凍りついたような表情……知識が豊富なものほど、この雨の中で光が広がっていることに驚きを感じるのだろう。

しかし、花火の観賞位置として計算されていた対岸では、さらに大きい反応が巻き起こっていたのだ。

周囲の喧噪《けんそう》の中、アーフィンは――

いつもと同じように、ネルとの会話を思い出していた。近頃の彼女は、起きている時間のほとんどを、会話を思い出して過ごしているのだった。

「映画というのをやってみようと思ってるんだ」

一度だけ、ネルはそう話してくれたことがある。

「映画？」

「ああ。活動写真、とでも言えばいいかな。つまりは絵に命を与える手法の一つだ。数年前に新大陸で発明されたものなんだけど」

そう言って、ネルは手にしていた本の端に子犬の絵を描き入れた。そして、ページをめくっては、同じような絵を何枚も描き続ける。

最後に、彼はその本のページをぱらぱらとめくってみせた。

驚いたことに、ネルが描いた絵は命を与えられたもののように、本の中で歩き、飛び跳ねた。

言葉もなく、アーフィンはただネルを見上げたものだった。こうした新しいものを、彼は毎日見せてくれた。驚きの連続だった。

「映画は、これと同じことを写真フィルムを使ってやるんだよ。そういうのを花火でもやれないかな、と思って」

ネルは窓の外を眺めながら、なんでもないことのように言ったのだった。

「でも、そんなこと本当にできるんですか？」

「こないだ、花火で文字を描いた人がいてね。その人に協力してもらって、なんとかその技術をもう一歩押し進めてみたいと思ってる」

思い出したのは、そんな話だった。

アーフィンは胸が躍っていた。

話を聞いた時は、すごいと思っただけで、現実に目の前にする日が来るなんて信じてはいなかった。

でも……。

いま、この河原で見た輝きの濃淡は――

ぼんやりとはしていたものの、確かに命をはらんだ動きを持っていた。

泣き出しそうな顔をした子熊が、左右を見回す。

夜空に浮かんだ映像はそれだけ……たった一秒にも満たない映像だった。しかし、一瞬で消える花火でそれを実現することの難しさは、アーフィンにもわかる。

――信じて待っていてよかった……。

それだけでアーフィンは、喉につかえるほどの喜びが心の底から湧き上がってくるのを感じるのだった。

観衆が、河岸に戻りはじめた。

ややあって、アーフィンの視線の先、二発目の花火が夜を切り裂いて爆発した。

ふたたび黄色の光が対岸の空に広がる。

光は濃淡をなし、そしてふたたび子熊のかたちに凝縮した。

内部での連続した小爆発が、子熊に動きを加える……。

一人で寂しげな子熊は、あたりを見回しながら歩いている。母親を探しているのだ。

二発目の花火は、そこで終わった。やはり、映像の長さは一秒程度のもの。

続けて三発目。

魚をくわえた母親が、子熊を探している。食べ物を採っているあいだに、小熊はどこかに行ってしまったのだ。焦った様子で、母親は右往左往していた。

そして、四発目――

ようやく見つけた母親に駆け寄る子熊。

母を見上げる子熊は、そのまま空へと視線を移す。

それに重なるようにして、五発目の爆発が起こった。

下半分が欠けた、半円状の花火だ。

その色は――

内側から赤、橙、黄、黄緑、緑。

青。

そして、紫!

計七色……。

空を見上げた子熊は、虹を見たのだった。

雨の中に浮かび上がる虹。自然界ではありえない存在だ。

虹は、ほんのわずかのあいだに上空へと拡散していき、輝く粒子の乱雑な群れとなり、やがて闇の向こうへと消え去っていった。

何もかもが凍てついたような静寂と沈黙が残った。河の澄んだ水音だけが残って、人々の間を流れていく。

驚愕のうめきがそこかしこに洩れ出したのは、ややあってからのことだった。

『紫』の衝撃はそれほどに大きかったのだ。青でさえ、五年は無理と考えられていた。実験室レベルで成功した報告が、ここ一年でちらほらと出てきていた程度だったのだ。

まして、あろうことか、その上をゆく紫の光！

しかもそれを使って虹を描くとは。

また、そこに至るまでの演出……花火を使った動く映像。

すべてが斬新《ざんしん》、すべてが驚異的な、未来技術の結晶だった。

「すごい……」

アーフィンはうっとりとして呟いた。紫を実現する発想と指針をネルが与え、彼の仲間たちが努力と創意工夫を厚く厚く厚く積み重ねて、とうとうそれを成し遂げたのだ。

その過程を、ほんの一部とはいえ、自分は知っている。触れたことがあるのだ。

「すごい、すごいわ……！」

控えめに手をたたいてアーフィンははしゃいだ。

それを切っ掛けとしたかのように、周囲に喝采が湧き起こった。まるで自分が褒め称えられているような錯覚を感じ、アーフィンは我知らず赤面した。

喝采は歓呼に変わる。周囲の人たちに礼を言いたいような気持ちになって、車椅子からアーフィンは立ち上がろうとした。

ふいに、足もとが揺らぐ。

「アーフィン！」

母の声が耳に届いた。同時に、母の腕に抱きかかえられるようにして、アーフィンはふたたび車椅子にもたれかかった。

たったこれだけの動作で、息が切れているのがわかる。

「……もう、帰りましょう。身体に悪いわ」

急かすように母が肩に手を置いた。どこか焦っているような声だった。

「……うん」

雨の疲労が重く身体にのしかかってきているのを、アーフィンははじめて感じた。夢から現実に引き戻されたような気分だった。

体温が下がるとともに、眠気が忍び寄ってくる。しかし、まどろみの中でも、アーフィンの胸に灯っていた、ほとほととした幸福のともしびは衰えなかった。

この幸せを胸に抱いて眠る少女。

そういう結末もまあまあいいかな、とアーフィンはふと思った。


紫の残像は、皇太子シュゼールの思考を奪うのに十分な力を持っていた。

雨の中の紫色光……策で負け、実力で負けたといっていい。研究は自分の領域ではない、と言い訳するつもりはなかった。これで勝てる、と確信していたものを逆転されたのだから。

脳内にある信号のすべてが、彼は危険だ、とシュゼールに告げていた。自分の手もとには来ない。しかし、他国に行けば、兵器に繋《つな》がる技術開発の面において、非常に危険な存在となる。紫を作るほどの真空技術――水銀拡散ポンプなどに関するネルの独創的な発想とノウハウ。それを他国の兵器開発に使われるわけにはいかない。

「……行け」

彼は短く命じた。

側にあったミュールが身を硬くして表情を一変す

る。暗殺者の顔貌だった。主人が意図を語るまでもなく、彼はそれを悟ったのだ。

確かめるように腰の銃に触れると、ミュールはすぐに闇の中へと走り去っていった。


一方、対岸では――


危機の迫った雰囲気はまるでなく、歓呼と拍手が夜を満たしていた。

それらはエルフェールたちを包みこみ、彼女らが成し遂げたことを祝福している。

勝利はもはや明らかだった。

動画と紫色光。

無事打ち上げることさえできれば、という予想はネルにもあったが、研究者たちの反応はそれ以上だった。真剣に研究を積み重ね、困難を知っているがゆえの、彼らの驚嘆なのだろう。

そんな中、ネルは淡々とした表情でエルフェールらの側に歩み寄った。

「さて……感動してるところを悪いんだけど」

二人の娘は、互いに抱き合って嬉し泣きに号泣していた。そこへ、ネルは遠慮がちに声を掛けた。二人ともあまりに感激しているので、どうも割って入りづらいものがあった。

ただ、急を要することなので、躊躇《ためら》っているわけにもいかない。

ネルはエルフェールの髪を後ろに引っ張って顔を上げさせた。

「もうすぐ叡理国方面行きの汽車が出る。それに飛び乗るぞ」

「え、なんでそんな急に……明日でもいいじゃないですか」

「いまじゃないと、ちょっとよろしくないんだ」

「……なんでですか。そんな、逃げ出すみたいに」

「逃げ出すんだよ。まあ、いいから、二人とも付いてこい。荷物は全部置いていっていいから。後かたづけはするって言った職人さんには悪いけど、ちょっとそれどころじゃない」

不満げなエルフェールを引きずって、ネルは駅の方角へと歩き出した。満たされない感情を顔いっぱいに広げながらも、エルフェールはそれにしたがう。

皇太子シュゼールの意図を受けたミュールが会場に現れたのは、そのすぐ後のことだった。

彼は標的が去ったことを悟ると、即座に部下を呼んだ。あらかじめ、行く先に手は回している。万一に備えて、準備は怠っていなかったのだ。

国境まで、以典から汽車に乗って100粁《キロメートル》弱。短い旅だ。むしろ国境から叡理国の里敦までの道のりのほうがずっと長い。国境までは、時間にして約三時間といったところだろうか。

しかし、座席を予約してはいなかったので、快適な旅とはとても言えなかった。通路にも人や荷物があふれている車内では、座席に座ることもできない。三人はデッキで、人いきれに包まれて国境を待たねばならなかった。

「もう、なんでこんな混んだ便にわざわざ……。王女のわたくしはたいへん不愉快であるぞ！」

エルフエールはまだ頬をふくらませて、不平をぶつぶつと零《こぼ》していた。

「ごめんごめん、ちょっと都合があって」

「だから、その都合ってなんなんですか！」

「そのうちわかるよ。わからなかったらそれでいいし」

曖昧な説明にかえって立腹した様子で、エルフェールは顔をそむけた。

列車はやがて、国境近くの駅に近づいて減速をはじめた。この駅では乗客の旅券を確認するため、列車は数十分にわたって停車する。一旦乗客全員が下車して、確認を終えた者から順次列車に戻るのだ。

「ネル」

窓の外を見ていたグリンゼが、ネルの袖を引いて注意をうながした。

「ホームにいるあの人たち……そうかもしれません」

すでにグリンゼはネルの意図に気づいていたらしい。

見ると、ホームの中ほどに、銃を腰に帯びた一団の兵士が、列車のほうへ鋭い視線を投げかけている。数は四、五名ほどか。

「もう手を回されたか」

「え……え？」

「いいから出るぞ。人ごみに紛れろ」

ドアが開いて押し出されていく人波を縫うようにして、ネルら三人は駅の出口へと向かった。

階段を下り、煉瓦《れんが》と石貼りのホールに出る。

行き来する人々の中に……兵士が一人。皇太子直属の精鋭だろうか。四十がらみの男だが、殺すのをいとわない人間の顔をしていた。向こうの視線も、こちらを確認した。

互いの距離は、ほとんどない――

「二人とも、逃げろ」

そう言ったときにはもう、兵士の男は目睫《もくしょう》の間に迫ってきていた。

腰の短剣に、手が伸びる。

刃のきらめきが続き、ネルの喉へと繋がった。

「先生！」

悲鳴よりも早く、ネルは身体を沈めた。同時に相手の手首を取る。学生時代に手習いで教わった護身の技術……それがこんなところで役に立つとは。

相手の肘《ひじ》が、逆方向に曲がった。

当然、相手は腕を押さえてしゃがみ込む……。

しかし、ネルの予測は外れた。相手の男は折れた肘に構わず、もう一方の手で拳銃を取って銃口をネルの胸に向けたのだ。

引き金に指が掛かる。

ふたたびエルフェールの悲鳴が飛んだ。

しかし、その銃口が火を噴くことはなかった。

「やれやれ」

背後から男の腕を抑えた長身の青年が、三人に向かって柔らかく微笑む。怖い形の微笑。ネルらには、見慣れた顔だ。

「駅まで迎えにきて正解でしたね」

ユウがここまで来てくれたのだった。もがく男を両腕で軽く制している。そして、額の汗を拭《ぬぐ》うネルに彼は目を向けた。

「予定通り、馬車を用意してあります。急ぎましょう」

言うが早いか、ユウは兵士の男をたちまちのうちに絞め落として床に転がした。軍人として戦闘の訓練を受けているはずの男が、他愛もなく失神させられたのだ。エルフェールのみならず、なんでうちにはこんな豪傑ばかりが揃ってるんだ、などとネルは思った。

その日、深夜のうちに四人は、あらかじめ調べておいた森の道を抜け、国境を越えることに成功した。

22

「なるほど、ユウさんを残してきたのは、こうして逃げるためだったんですね」

　四輪馬車の荷台に揺られながら、エルフェールは感心したように言った。月光が横顔を冷ややかに照らしている。澄んだ容《かたち》だ。過激で極端な性格を忘れさせるような落ち着きが漂っている。大会の勝利で得たものが、彼女に涼やかな自信を与えたのかもしれない。

「そうだよ。なかなかの深謀遠慮だろ。あらためて尊敬したか？」

「何バカなこと言ってるんですか。死にかけてたくせに」

　エルフェールは叱るように言葉厳しく答えた。

「心臓が止まるかと思ったわ」

「ははは、ごめんごめん」

「笑って済む問題じゃありません！」

「まったくだわ！」

　エルフェールとグリンゼが並んで冷ややかなまなざしをネルに向けた。二人とも本当に立腹している様子だ。ネルは荷台の隅に寄って小さくなった。

「ま……それにしても、先生、結構強いじゃないですか。基本的にへなちょこだと思ってたのに」

「いや、へなちょこだよ。学生時代に初心を習ってただけで。正直なところ、技はあれしかできない」

「あ、柔法とか合気道とかってやつですね。聞いたことあります」

「まあ、先生にしては上出来でしたね」

　馬を操っているユウが、御者台から声を挟んだ。働き者の彼に、御者姿はじつによく似合っている。

「蹴球をさせたら、球を足で蹴るのもうまくできないぐらいなのに」

「本番に強いタイプの人間なんだよ」

「じゃあ、普段からその実力を発揮してくださいよ。

執務室の掃除だとか片づけだとか」

「それはなあ……」

さらに小さくなって、ネルは押し黙った。

「あーあ、それにしても、せっかく勝利の余韻に浸るところだったのに。台無しだわ。あのシュゼールのせいで」

軽く伸びをして、エルフェールは顔いっぱいにあくびを浮かべた。気が抜けて眠気が忍び寄ってきたのだろう。

「そうよね。せめて結果の発表ぐらい見ていきたかったわ」

「郵送だと、感動がないもんね」

「ネルのせいよ」

「うん」

女同士の会話に入っていくことができず、ネルは小さくなったままぼんやりと空を眺めた。

雲もなく、半分の月と満天の星をただ浮かべている夜空はそれだけで十分に美しく、花火の彩りなど本来必要とはしていないように見える。

しかし、それでも人はあえて手を加えようとする。何故か。それは人だからだ。進むために、両足で立ち上がった生き物だからだ。

「あ、また今とぜんぜん関係のないこと考えてる」

エルフェールが悪戯っぽく言った。どうもユウからコツを学んだのか、近頃は彼女もネルの表情を読むようになってきた。

「そんなことはないけどな……」

空から目を落として、ネルは弁解をするように言った。

「まあ、とにかくみんな無事でよかったよ。ついでに、これで研究室の寿命も伸びただろうし」

「さらについでに、国の寿命もですかね。わたしはどうでもいいんですけど」

王女の資格を剝奪《はくだつ》されそうなことを平気で口にし、エルフェールはあざやかに笑った。

「しかし……これからも、あのシュゼールには悩まされそうな気がするな。覚悟しておかないと」

「まあ、なんとかなりますよ。今回でもなんとかなったんだから」

「……おまえに言われると、かえって心配になるよ」

　笑って返すと、エルフェールはいかにも不満げに横を向いた。頬にはかすかな不安の翳りが残っていたが、それ以上の澄んだ無邪気さが戻ってきていた。

　一つの試練が終わり、はじまりへとふたたび繋《つな》がった。

　——そろそろ、次の研究テーマも考えないとな。

すでに、興味は先へ先へと移っているのだった。

　——まったく、われながら研究中毒だな。

　そのようなことを苦笑とともに思う。すると、エルフェールがネルの顔を覗きこんで、またも内心を読み取って告げた。

「わたしも同じですよ。研究をやっているときだけが幸せですからねー。中毒っていうか、技術陶酔症《ユーフォリ・テクニカ》って感じかな」

エピローグ

そして時は流れて……。

ふたたび五月。

学生の研究室配属の季節だったが、例によってそういうイベントとは無縁のビゼンセツリ研究室では、エルフェールが工学博士号を取得するための論文の追い込みに入っていた。今回の花火を題材にした論文である。初稿の総頁数が四五三頁。『紫色光の実現』と『動画の手法』に分割して二本の論文が書けるほどの内容だったが、すべて彼女が一人でまとめ上げた。

最初はグリンゼとテーマを分け合い、二人とも博士号を取得するようにネルは勧めたのだが、グリンゼの方が、

「自分は途中から入ったから」

と固辞して、自らエルフェールの手伝いに回ったのだ。

分厚い紙の塊を前にして、ネルは思わずため息をついた。

「こりゃ、赤を入れるだけでもたいへんだな」

初稿を読んで改稿を指示するのは講師の仕事だ。とはいえ、この枚数を一語一語チェックすると思うと、ため息も出ようというものだった。

そこへ、例によって例のごとく、唐突にエルフェールが部屋に飛び込んできた。

「先生！　たいへん、たいへん！」

ほとんど恒例となった叫びとともに、エルフェールはネルのそばに駆け寄ってくる。週に一度はこうして駆け込んでくるので、ネルはもう驚きもしなかった。

「先生、この手紙、読んでください」

「ん……って、これ、宛先がおれなのに、なんでお

まえが先に読んでるんだよ」

「だって……あ、ほら、毒とか入ってたらいけませんもの」

言い訳がましくエルフェールは口答えをし、目をそむけた。どうやら、ストーカー体質はもう治らないものらしい。それについては、ネルもすでに諦めていた。

「差出人は……アーフィンか。ずいぶん久しぶりだな」

「ええ」

「しかし……消印がずいぶん前になってるな。配達日指定で送ったのか……。しかし、なんで今日なんだ?」

「さあ……?　でも、まあとにかく読んでくださ い」

うながされて、ネルはアーフィンの手紙を開いた。少女らしい丸みを帯びた文字が目に温かい。

手紙には、こう綴られていた。


「先生、こんにちは。いまこれを先生が読んでいるときには、わたしはこの世界に戻れなくなっちゃってるかもしれません。できれば、もう一度だけ先生に勉強を教えてもらいたかったんですが……。あ、すみません。グチになっちゃいました。

この手紙では、お礼を言いたかったんです。花火の国際大会、見ました!　わたし、本当に感動しました。『映画』も『紫色』も、生きているあいだに見ることができるなんて思っていませんでしたから……。話として聞いていただけだったものを、目の前で実際に見られたときの驚きと喜び!　いまでもまだ胸の中に明るく灯っています。

観衆の拍手が周りに起こったとき、わたし、勝手なんですけど、すごく誇らしい気持ちになりました。だって、ほんの少しだけでも、わたしも先生がなさったことに触れる機会があったから……。ほんとに勝手ですみません。

ただ、正直なことを言うと、病気さえなければわたしも、という悔しい思いもあったりします。あ、これはまたグチになりそうなので、やめておきますね。

物語の中で遊ぶだけが楽しみだったわたしに、先生は目の前にあるものへの驚きと喜びを与えてくださいました。本当にありがとうございます。わたし、ずっとこのことは忘れません。

それでは、お元気で。また機会があればお会いしましょうね！」

懸命に明るく振る舞っている様子が、ネルにははっきりと感じ取れた。やはり、なんとなく死を予感しながら、それでも彼女は笑っていたのだろう。

「これを書いた時には、死を覚悟していたんだろうな」

「そんな……。かわいそう……」

感情移入のはげしいエルフェールは、もう涙ぐんでいる。人がいいのか、それとも根が単純なのか、とネルは苦笑した。たぶん、その両方なのだろう。

「あの子も研究がやりたかったんですね。それで、あんなに一生懸命勉強して……それなのに……」

「そうだな。あの身体だと研究生活はなかなか難しかったかもしれないけれど、才能はあった。健康だったらと思うと、惜しいな」

「ええ……うちの研究室は無理でも、よそならいい研究者になってたかも」

「なんでウチは無理なんだよ」

「だって、肉体労働だし。先生にこき使われるし。奴隷《どれい》働きさせられるし」

「……奴隷にしてくれって土下座したのは、どこのどいつだよ」

「う、それは……」

恥ずかしい記憶を呼び覚まされて、エルフェールはくちびるを妙なかたちに歪《ゆが》めた。彼女でもやはり、一時の興奮で口走ったことは、かなり恥ずかしいものらしい。

しかし、すぐにエルフェールは寂しげな表情を浮かべた。

「でも、もうすぐ、この奴隷生活も終わってしまうんですね……」

爆発事故。それに関して警察は結局、事件性なしとして結論を出したのだった。

「やっぱり、事故の責任をとって、クビなんですよね……。博士論文を受け容れてくれるだけでも喜ばないといけないのかもしれないけれど……」

「ああ、その話か……。おまえは博士論文に没頭してたから、話すヒマがなかったんだけど」

「え……？」

ネルは椅子から立って書類棚を漁《あさ》り、中から十枚程度の紙束を取り出した。論文ではない。報告書だった。それをネルは、エルフェールに手渡した。

「おおざっぱに言えば、おれが事故について調査した結果だよ。それを、学長経由で女王陛下に直接提出した」

内容は——

あの爆発事故が人の手によるものであることを、簡潔に証明したものだった。大会前はそんなことをしている暇がなかったので警察任せにしていたのだが、頼りにならないと知ってネルは自ら調査したのだ。

証明の鍵となったのは、水素ガスのボンベの汚れだった。特に注目したのは、バルブの取っ手部分。赤い汚れが、取っ手の片側にのみ付着していたのだ。正確には、取っ手が使用者に向かって伸びている場合、その左半面となる部分のみが汚れていた。また、汚れは、赤い粘土によるものだった。

当時、エルフェールは、試験花火を封止するために、赤粘土を用いていた。そして逸《はや》る気持ちを抑えられず、彼女は汚れた手のままでバルブの取っ手に触れていた。そのため、粘土が付着して残っていたのだ。

作業としては、バルブを開いて水素を試験花火に詰め、粘土で封止し、最後に汚れた手でバルブを閉めたということになる。となれば、取っ手に付着した粘土は、バルブを閉める時のものだったことがわかる。

そして、左半面だけ粘土で汚れた取っ手。

それは、右向き、つまり反時計回りに取っ手を回したことを示している。可燃性ガスのボンベでは、それは確かにバルブを閉める方向だ。つまり、エルフェールは、気持ちが逸りながらも、きちんとバルブを閉めていたのだ。

「で、ちょうど今朝、女王から返ってきた返事がこれ」

ネルは一枚の手紙をエルフェールに渡した。受け取る手が、ぶるぶると大きく震えていた。

「私の愛する孫娘、エルフェールを何とぞよろしくお願いいたします」

手紙には、簡潔にそう書かれていた。エルフェールは言葉を失ったまま、ネルを見つめていた。まだ頭の整理が追いついていない様子だった。

「つまり……ってことは……？」

「学長から応用水気学科へ、おまえの処分を取り消すよう指示がくだされたよ。女王陛下からの指示、なんだろうけどね」

「うそ……ほんとに……？」

「おまえ、ここでうそだって言ったら、おれを殺すだろ」

冗談で返したが、エルフェールには反応する余裕もないようだった。

ぼろぼろとエルフェールの目から涙がこぼれ落ちた。

なんだか照れくさくなり、ネルは話題を少しずらせることにした。

「女王陛下もシュゼールの手による犯行だったことを聞いたそうだ。技術院近辺の警備を万全にすることを、警察に指示してくれたそうだよ」

「辞めなくて……ほんとに辞めなくていいんですね……？」

もうネルの声も耳に入っていない様子で、エルフェールは問い続けた。

「……ああ」

「ありがとう、先生！」

エルフェールは、ふいにネルの胸に飛び込んだ。

どうしてもそうせずにはいられない感情の高ぶりが、肩の震えに表れていた。ネルはひたすら硬直する。

「わたし……本当に、なんてお礼を言えばいいのかわからない……」

ややあって、エルフェールは自分のしたことに気づき、赤くなって身を離した。が、その後たっぷり三〇分ほどにわたって、エルフェールは顔を抑えて涙を流し続けていた。

ネルはそれを黙って見守った。これほど深い感情を自分の研究室に持ってくれている相手。大事にせねばならないと思うのだった。

やがて、ようやくエルフェールの感激が収まってきた頃、ふいに二人の耳に、扉をノックする音が届いた。

「ネル、今年技術院に入る学生で、配属前に研究室見学がしたいと言ってきている子がいると事務室から連絡があったんですが。どうなさいます？」

「ええっ！」

ネルよりも先に、エルフェールの方が驚きとも喜びともつかない声を発した。

見学したいということは、ここへ配属になってもいいと考えているということだ。つまりははじめての下っ端ができるかもしれないのだから、エルフェールが喜ぶのも無理はない。

「先生、もちろん許可ですよね！」

「え、まあ、いいけど」

「じゃ、じゃあ、早く連れてきてもらって！」

逸った気持ちを、抑えられない様子だった。いつものことではあるのだが。

「ああ、今日という日は、なんて素敵な日なの！　こんなにいいことが続くなんて！」

部屋から追い出すようにグリンゼを急かしてから、エルフェールは喜びの奇声をあげながら床を転げ回ってみせた。

「おまえな……。そういう異常行動は、一人でいる時にしろよ。人が見たら、おれまで仲間だと思われるだろ」

「……だって、ほんとに嬉しいんですもの！」

ネルの苦言も聞かず、エルフェールはそのままえへへえへへと笑いながら、あたりをうろうろとしたり床に転がったりを続けた。部屋の主であるネルには迷惑なことこの上なかった。

そしてその後三〇分ほどエルフェールが転がり続けるのを眺めていたところへ、ふたたび扉を叩く音が届いた。

「こんにちは！」

続けて元気に部屋の中へと広がったのは、少女の声――

扉の側に、赤毛の少女が立っていた。

エルフェールが、あっけに取られて少女を見つめる。

「あ、あなた、死んだんじゃなかったの！」

「……誰がそんなこと言ったのよ」

その少女――アーフィンは、乱れた髪で自分を凝視するエルフェールに一瞥《いちべつ》をくれて答えた。

「だって、あの手紙には！」

「あのときは本当にそう思ってたんだもん。それに、健康な人でも、いつこの世にいなくなるかもしれないのは一緒じゃない。間違ったことは書いてないわ」

「……じゃあ、手紙を出した後は何をやってたのよ」

「療養しながら猛勉強してたの！　ここの試験に受かるためにね！」

説明するのも面倒そうにアーフィンは吐き捨てた。

エルフェールと相性が悪いのは、入院していた頃から変わっていないらしい。

「なんだ、大学受験の勉強をしてたんじゃなかったのか」

ネルはほとんど驚きも見せずに訊いた。実際驚いていなかったからだ。

「時間がかかるので、飛び越えて『大学院受験資格検定試験』で学士相当の学力があると認めてもらいました。ほら、証明書もありますよ」

取り出した紙を、アーフィンは二人の前でひらひらと示して見せた。

「へえ、なるほど……。で、院の試験にも合格したのか」

「ええ、四二人中三八位で、ぎりぎりでしたけど。でも、先生のところはあまり配属希望の人いないみたいだから、大丈夫ですよね」

「そうだな。しかし、勉強した期間のことを考えると、三八位でもすごいな」

「すごいな、じゃありません！」

エルフェールは憤激の形相でネルに詰め寄った。

「なんでそんな冷静なんですか！　死んだと思ってた人が急に現れたってのに！　頭おかしいわ！」

「だって、もしかしたら今日来るのかもと思ってたから」

「え……どうして？」

「手紙が配達日指定になってたから。元気になっていたら今日行きますって意味もあったのかな、と思って。とはいえ、まさか技術院の合格報告のためだったとは思ってなかったけどな」

「もしかして、アーフィンが生きてたこと、知ってたの？」

「当たり前だろ」

悪戯っぽくネルは笑った。実際、悪戯でエルフェールには黙っていたのだ。

表情ごと真っ白になって、エルフェールはくちびるを震わせた。くるくると変化するその顔色が、ネルには面白くてならない。

「だったら、そう言ってくれたらよかったのに！」

「いや、かわいそうって言って泣いてたから、なんか面白くなって」

「こ、この人でなし！」

今度は真っ赤になって、エルフェールはネルの首を両手で絞め上げげた。

「あなた、わたしの手紙見て泣いたの？」

アーフィンが相手を少し見直したように瞳を大きくした。エルフェールは恥ずかしげにそっぽを向く。

首を絞める手からようやく解放されて、ネルはアーフィンに話しかけた。

「しかし、信じられないな……一年で学士相当の学力を身につけて、しかも院の試験にも合格したっていうのは。それに、まだ十七歳なんだろ？」

「先生に速読法を教えてもらったおかげです」

「と言ってもなあ……」

まだ事実が信じ切れず、ネルはうなるばかりだった。実質一年たらずで、世界でも最高峰の学院に合格したのだ。なかなか信じられないのも当然のことだ。

ネルの反応を見て、アーフィンはふいに机上の論文を手に取った。

「じゃあ、その証拠に、上達ぶりをお見せしますよ。速読法の」

言うが早いか、アーフィンは総頁数四五三頁の論文をさらさらとめくっていく。

それを数度繰り返してから論文を机に戻し、アーフィンは柔らかく微笑んだ。かかった時間はほんの一〇分ほどのものだったろうか。

「もう全部覚えました。なんでも訊いてくださって結構ですよ」

「…………」

面食らいながらも、ネルは試しに二、三の質問をしてみることにした。

「……虹のように半円形状の花火を作製する手法」

「下半分の外殻のみに、外乱をもたらすような物質を混ぜ合わせることですね。今回の実験では黒鉛の粉、つまり炭素を用いた、とありました」

「……真空度10^{-7}托《トール》で得られたエネルギーを、そのまま光に置換したときの光の波長」

「えーと、282毫微《ナノ》米《メートル》、ですよね」

「うそよ！　なんかのトリックに違いないわ！」

「トリックも何も、いまさっきおまえ自身が書いて持ってきたばかりの論文だろ。どうやったら、あらかじめ読んだりできるって言うんだ」

「うっ……」

「それにしても、すごいな」

　正直なところ、ネルはアーフィンの特殊能力に舌を巻いていた。教えたのは自分だが、ここまでになるとは思っていなかったのだ。驚異的な才能だ。

「どこかでこっそり盗み見してたのよ、絶対！　だって、こんな一瞬で読めるわけないですもの！」

「速読法、というのがあるんだよ。こんなレベルまでに到達する人は、滅多《めった》にいないんだけどな。おれも無理だし」

「……それ、ほんとに先生が教えたんですか」

「そうだよ」

「ひどい！　ひどいわ！　わたし教えてもらってない！」

　エルフェールは泣き出しそうな顔になって、子どものように地団駄を踏んだ。たまたま機会がなかっただけだ、とネルは言い聞かせたが、それでも納得いかない様子で彼女はネルをきつく睨《にら》んだ。

「じゃあ、アーフィンに研究室を案内してきてくれたら、教えてやってもいいよ」

「ぐ……」

「嫌だったらダメ」

「わかりましたっ！」

　憤然《ふんぜん》としながらも、エルフェールは素直に扉へと向かった。

「ついてきなさいよ、案内してあげるから」

怒ってはいるが、その反面、どこか楽しげな様子でもあった。人のいい彼女のことだ。内心では、アーフィンが無事だったことを喜び、研究室の一員となることを祝福しているのだろう。

それがアーフィンにもわかったのか、彼女は不平も洩《も》らさずにエルフェールに従い、部屋を出ていった。

入れ替わりに、ユウが入ってくる。

二人が出ていった扉に目をやって、彼は訝しげに首を傾《かし》げた。

「どうも私の気のせいかもしれないのですが……。なんかまた、女の子が一人増えていたような気がするんですが」

「ああ……たぶん見えないところで分裂して増えるんだよ。単細胞だから」

「また、そういうことを……。エルフェールに聞かれたら、またこってり絞《し》められますよ」

観葉植物に水をやりながら、ユウは日常そのものの微笑を浮かべた。

揃うべきものが揃って、ようやく研究者としての日常がはじまった。

ありふれた平坦な日々へ帰る。いいことだ、と目を細めたネルの耳に、さっそく廊下で喧嘩をはじめたらしい娘ふたりの騒ぎ声が届いた。

（了）

あとがき

こちらではじめまして。定金伸治と申します。著者で、作家です。たぶん事実です。


そもそも、研究者として頑張る女の子の話を書こうと思ったのは、ぼくが工学部の研究室に所属していた頃のことでした。なので十年は昔のことになるでしょうか。当時モチーフを書きためていた草稿の内容は、

「中世のイスラム世界、東方から伝わったばかりの火薬を、主人公の王女が武器ではなく花火として平和利用する研究に頑張る」

というものでした。

同時期、ぼくは中世のイスラム世界を舞台にした歴史物語を書いていました。なので、その外伝的なイメージで草稿をまとめていたのでした。

それがいつの間にやら――

ファンタジー世界でプロジェクトXをやってみたら面白そう、という感覚を持つようになり、結果、今回の物語ができあがることになりました。

十九世紀のヨーロッパに似ているようで似ていない、遠い世界のお話です。
そこで一人の女の子が、青年を巻き込んで研究に打ち込むことになります。研究のテーマは『水気』——電気工学のような、魔法のような、そうした新しい技術に関する研究です。今回は、花火を作るために頑張っています。ちょっとヘンな女の子が頑張るお話が好きな方には、楽しんでもらえると思います。

この話を書くに至った動機は、なかなかにセコいものです。研究室で下働きをした経験をどこかで使わないともったいない、という理由でした。それほど工学部の研究室というのは過酷なものなのでした。修士論文のための研究だけでも睡眠もままならぬほどなのですが、当時ぼくは雑誌の連載もしていたので、それはもうたいへんなことになっていました。研究室で原稿を書いた方が効率がいいので居室の椅子で寝泊まりをし、胃痛で体重が落ち、精神も疲れ果て、ブラジャーは常に着け忘れ、額のキン肉マークは白字になっていました。そんな状況を、作中の描写などにも生かしてみたつもりです。主人公の女の子の悪戦苦闘ぶりなども楽しんでいただければ、と思います。

実のところこの作品、いままで書いたものの中でも一、二を争うほど気に入っています。いいお話が書けたな、という感覚を、うまく執筆後に持つことができました。読者の方にも楽しんでいただければ嬉しいです。とにかく、読んで損した、とは思わせないつもりでいます。
今後は、この作品の続きや、また別の新シリーズを書くことになると思います。新シリーズも同じく架空ものなのですが、今度は大きな流れのお話になります。ファンタジー大河歴史もの、といった感じでしょうか。久しぶりに雄大なお話を書きたくなってきたもので。

さて、本書がこうして世の中に出るにあたっては、たくさんの方々のお力添えがありました。素晴らしく可愛らしいイラストを描いてくださった椎名さん、ありがとうございました。担当してくださった編集さん、ありがとうございました。取材をさせていただいた大学の先生、ありがとうございました。宣伝や営業を担当してくださった方、ありがとうございました。執筆に苦しむぼくをいつも優しく温かく包んでくださったパンツ、ありがとうございました。その他、多くの人々のご助力があって、この作品は無事に形になることができました。まことにありがとうございます。


近況でも書いてみます。

先日、ぼくは東北へ一人で旅行に行ってました。その途上、東京を通過した際に喫茶店で人に会っていた時の話です。ぼくは、あまり面識のない三名の人と、コーヒーなど飲んで雑談しておりました。ほぼ初対面の方ばかりだったので、話もとぎれとぎれな感じでした。

そんな中、ぼくの鞄から携帯メイルの着信音が聞こえました。さほど固い場でもないし、一対一で話しているわけでもなかったので、しばらくしてからぼくは携帯を手探りで鞄から取り出しました。そして三人の方を向いたまま、携帯を開けようとしました。

が、側面にあるはずの開閉ボタンが、何故かないのです。

あれ、と思って携帯を見てみると、それは旅行用の小型ヒゲ剃りでした。

三人は無言になって、ぼくの手にあるヒゲ剃りを見つめていました。

親しい間柄だったら「なんでヒゲ剃りなんて取り出してるんだよー」とか突っ込んでくれたのでしょうが、そういうこともなく、ただ気まずい沈黙が場を支配しました。ぼくは無言でヒゲ剃りを鞄に戻し、死にたい、としめやかに願いました。

——のですが、なんと、後に訪れた仙台のズンダ餅があまりに美味しかったため、ついうっかり樹海に入るのを忘れてました。いやはやまったく、われながらうっかり者ですよ。それにしてもズンダ餅は美味しかったです。牛タンは入った店が悪かったのか、硬いゴムの板みたいでした。

てなわけで、パンツとズンダ餅のおかげで、本書は書店に並んでいるのです。

定金　伸治

ご感想・ご意見をお寄せください。

イラストの投稿も受け付けております。

なお、投稿作品をお送りいただく際には、編集部
(tel:03-3563-3692、e-mail:cnovels@chuko.co.jp)

まで、事前に必ずご連絡ください。

〒104-8320　東京都中央区京橋2-8-7
中央公論新社　C★NOVELS編集部

ユーフォリ・テクニカ
——王立《おうりつ》技術院《ぎじゅついん》物語《ものがたり》

2006年12月20日　初版発行

著　者　定金《さだかね》 伸治《しんじ》

発行者　早川 準一

発行所　中央公論新社
〒104-8320　東京都中央区京橋2-8-7
電話　販売 03-3563-1431　編集 03-3563-3692
URL http://www.chuko.co.jp/

印　刷　三晃印刷（本文）
大熊整美堂（カバー・表紙）

製　本　小泉製本

Published by CHUOKORON-SHINSHA, INC.
Printed in Japan　ISBN4-12-500966-X C0293

第4回 C★NOVELS大賞 募集中！

生き生きとしたキャラクター、読みごたえのあるストーリー、活字でしか読めない世界——意欲あふれるファンタジー作品を待っています。

賞

大賞作品には **賞金100万円**
刊行時には別途当社規定印税をお支払いいたします。

出版

大賞及び優秀作品は当社から出版されます。

応募規定

❶原稿：必ずワープロ原稿で40字×40行を１枚とし、80枚以上100枚まで（400字詰め原稿用紙換算で300枚から400枚程度）。プリントアウトとテキストデータ（FDまたはCD-ROM）を同封してください。

【注意!!】プリントアウトには、通しナンバーを付け、縦書き、Ａ４普通紙に印字のこと。感熱紙での印字、手書きの原稿はお断りいたします。データは必ずテキスト形式。ラベルに筆名・本名・タイトルを明記すること。

❷原稿以外に用意するもの。
ⓐエントリーシート（http://www.chuko.co.jp/cnovels/cnts/cnts.pdfよりダウンロードし、必要事項を記入のこと）
ⓑあらすじ（800字以内）

❷のⓐⓑと原稿のプリントアウトを右肩でクリップなどで綴じ、❶❷を同封し、お送りください。

応募資格

性別、年齢、プロ・アマを問いません。

選考及び発表

C★NOVELSファンタジア編集部で選考を行ない、大賞及び優秀作品を決定。2008年3月中旬に、以下の媒体にて発表する予定です。
- 中央公論新社のホームページ上→http://www.chuko.co.jp/
- メールマガジン、当社刊行ノベルスの折り込みチラシ及び巻末

注意事項

- 複数作品での応募可。ただし、１作品ずつ別送のこと。
- 応募作品は返却しません。選考に関する問い合わせには応じられません。
- 同じ作品の他の小説賞への二重応募は認めません。
- 未発表作品に限ります。但し、営利を目的とせず運営される個人のウェブサイトやメールマガジン、同人誌等での作品掲載は、未発表とみなし、応募を受け付けます（掲載したサイト名、同人誌名等を明記のこと）。
- 入選作の出版権、映像化権、電子出版権、および二次使用権など発生する全ての権利は中央公論新社に帰属します。
- ご提供いただいた個人情報は、賞選考に関わる業務以外には使用いたしません。

締切

2007年9月30日（当日消印有効）

あて先

〒104-8320　東京都中央区京橋２-８-７
中央公論新社『第４回C★NOVELS大賞』係

主催・C★NOVELSファンタジア編集部